변혁 1998 2권

천지무천 장편 소설

초판 1쇄 찍은 날 § 2020년 2월 25일
초판 1쇄 펴낸 날 § 2020년 3월 3일

지은이 § 천지무천
펴낸이 § 서경석

총괄팀장 § 노종아
편집책임 § 김대용
편집 § 김예솔, 신나라
디자인 § 소소연

펴낸곳 § 도서출판 청어람
등록번호 § 제387-1999-000006호
등록일자 § 1999. 5. 31
어람번호 § 제1-3089호

주소 § 경기도 부천시 부일로 483번길 40 서경B/D 3F (우) 14640
전화 § 032-656-4452 팩스 § 032-656-4453
http://www.chungeoram.com
E-mail § chungeorambook@daum.net

ⓒ 천지무천, 2019

ISBN 979-11-04-92150-6 04810
ISBN 979-11-04-92148-3 (세트)

2

천지무천 장편소설

FUSION FANTASTIC STORY

변혁 1998

변혁 2부

청어람
도서출판

변혁
1998

목차

Chapter 1

한종태에게 들은 투자 제의는 놀라움을 넘어 자금경색을 겪고 있는 대산그룹에 있어 단비와 같은 일이었다.

투자되는 자금도 큰 금액이었지만 금리가 획기적으로 낮았다.

시중 기업 대출금리가 15%에서 오르락내리락하는 상황에서 6%의 금리는 국내외에서 도저히 빌려올 수 없는 금리였다.

더구나 투자되는 자금을 대산그룹이 어떻게 사용하는지도 묻지 않겠다고 했다.

대신 이전처럼 한종태를 대통령으로 만들기 위한 작업에

대산그룹이 앞장서서 움직여 달라는 조건이 붙었다.

이를 위해서는 미르재단과 같은 단체나 조직을 재정비해야
만 한다.

"30억 달러만 투자받는다고 해도 대산그룹은 새롭게 재도
약할 수 있습니다."

정용수 비서실장은 이대수 회장의 말에 얼굴이 상기된 채
말했다.

대산그룹은 아시아의 금융 위기가 중국에 상륙하자 더한
어려움을 겪고 있었다.

두 자리 성장을 진행해 오던 중국 경제는 90년대 들어 가
장 낮게 설정한 8%의 성장 목표치 달성도 힘겨워할 만큼 어
려워졌다.

중국의 개방정책을 상징하는 광둥성이 아시아 금융 위기의
여파로 휘청거리면서 중국 전역에 신용 경색이라는 장막이 짙
게 드리워졌기 때문이다.

이 여파로 광둥성과 상하이에 대규모 투자를 단행했던 대
산그룹이 큰 영향을 받고 있었다.

"그 돈이면 충분히 가능하겠지. 하지만 잘못되면 대산그룹
은 명패를 내려야만 해."

30억 달러 이상의 투자자금은 천천히 나누어서 갚아나가는

자금이 아니었다.

4년 뒤 절반을, 다시 일 년 후에 나머지를 모두 갚아야만
했다.

대신 한종태가 대통령이 되면 기간을 연장할 수 있었다.

대산그룹 계열사들의 현재 주가를 다 합쳐도 30억 달러에
도 미치지 않기 때문에 자칫 대산그룹 전체가 넘어갈 수도 있
었다.

"지금 같은 상황에서는 모험이 필요합니다. 광둥국제투자신
탁의 파산으로 인해 중국 정부가 강도 높은 대응을 한다고 합
니다. 2천여 개에서 247개로 줄어든 국제투자신탁사를 아예
성별로 1개씩만 남기고 정리한다는 말도 들려오고 있습니다.
더는 중국에서 자금을 융통할 수 없습니다. 더구나 중국 기업
의 외환 거래 통제에 이어서 외국 기업들의 외환 거래에도 통
제가 시작되었습니다."

중국은 위기의 전조가 보이는 분야에 대해서는 아예 기획
경제 시절에나 볼 수 있었던 시장 통제 정책을 시행하고 있었
다.

전기·전자제품, 기계, 의약품, 발전설비 등의 수입품 축소와
수입 금지 조치까지 시행했고, 통신 분야에 대한 시장 개방을
제한했다.

"흠, 중국도 외환 위기의 영향에서 벗어날 수 없겠지."

"30억 달러가 들어오면 중국에서의 사업도 중단 없이 이끌어갈 수 있습니다. 더구나 국내 유통 사업에 대한 투자도 가능해집니다. 그리고 흔들리고 있는 대우에서 자동차와 조선, 그리고 건설이 매물로 나올 수 있습니다. 자동차를 제외하고서라도 조선과 건설을 우리가 가져오면 다시금 성장 동력을 얻을 수 있습니다."

이관영 그룹기획실장의 말이었다.

그의 말처럼 재계 2위 그룹인 대우그룹마저 흔들리고 있었다.

대우그룹에 속해 있는 건설과 조선은 적잖은 이익을 얻을 수 있는 업종이었다.

"이 실장의 말처럼 성장 동력이 꺼져가는 상황에서 금융, 유통 사업과 함께 조선이나 건설을 가져올 수 있으면 대산그룹은 원래의 자리로 돌아갈 것입니다."

대산그룹은 구조 조정을 통해 금융과 유통 사업에 중점을 두고 있었지만, 자금 부족으로 인해 시너지 효과를 내지 못하고 있었다.

"문제는 30억 달러를 우리가 다 쓰지 못한다는 거야. 적어도 4~5억 달러는 대선 자금으로 사용해야 하니까."

4억 달러 이상의 대선 자금 지원은 한종태의 소개비라고 봐야만 했다.

"한종태가 대통령에 올라서면 지금까지 투자한 모든 돈을 받아낼 수 있습니다."

"항상 최악의 상황을 생각해야 해. 작년 선거에서 한종태의 당선을 기정사실로 여겼었잖아. 더구나 지금은 함께 움직이던 안기부와 경찰의 도움을 크게 받을 수 없어. 우리와 보조를 맞추었던 그룹들도 대부분 부도와 워크아웃에 들어갔다는 것도 고려해야 하고 말이야."

정용수 비서실장의 말에 이대수 회장은 현실적인 이야기를 꺼내 들었다.

대통령 당선을 기정사실로 받아들였다가 대산그룹은 물론, 함께 참여한 기업들이 큰 낭패를 보면서 부도로 쓰러졌다.

"실패의 원인을 충분히 검토했습니다. 앞으로 4년이란 시간도 충분합니다. 현 정부 때문에 말을 아껴서 그렇지 저희와 함께하려는 기업인들도 적지 않습니다. 언론사들도 한종태에게 호의적인 상황입니다. 차근차근 준비하면 충분히 승산이 있는 게임입니다."

대산그룹 기획조정실에서는 15대 대선의 실패 원인에 대해 검토를 진행했다.

실패 원인은 크게 세 가지로, 과거 대통령 선거에 진행했던 진부한 선거 정책, 홍보전 실패, 상대 후보에 대한 안일한 대응이었다.

한종태를 돋보이게 하는 것에 초점을 맞추는 것보다 상대 후보에 대한 단점과 부정적 이미지를 더 부각하는 것이 더욱 유리한 위치에 올라설 수 있었다는 것이다.

"음, 대산의 미래를 위해서도 한종태가 꼭 필요한 상황이긴 하지."

정부의 지원이 절실한 이때 대산그룹은 소외된 듯한 기분을 지울 수가 없었다.

"한종태도 다른 대안이 없기 때문에 회장님에게 이런 제안을 했을 것입니다. 우리 대산 외에는 한종태를 전적으로 도울 수 있는 기업이 없습니다."

"내년 보궐선거에 출마한 후에 천천히 당권에 복귀하면서 여론의 도움을 받으면 이전의 인기를 회복할 수 있습니다. 사실 김대중 대통령 이후 여권의 대선 후보가 마땅치 않은 것도 한종태에게는 아주 유리한 상황이 될 것입니다."

이미 14대는 김영삼 대통령이, 15대에는 김대중 대통령이 당선되었기에, 이후 한종태가 상대할 거물 정치인은 없다고 봐야 했다.

"좋아, 이 실장은 조정기획실의 조직을 재정비해. 정 실장은 한종태가 이야기한 투자 대상과 접촉을 해서 투자 조건을 최대한 유리하게 조정해 봐."

정리가 끝난 이대수 회장은 명쾌하게 지시를 내렸다.

대산그룹의 명운을 건 프로젝트가 시작되는 날이었다.

*   *   *

"한종태가 영국에서 일시 귀국해 이대수 회장과 만났습니다."

닉스홀딩스 김동진 비서실장의 보고였다.

"다시금 기지개를 켜려는 것입니까?"

"아직은 좀 더 지켜봐야 할 것 같습니다. 그런데 이번 한국행에 옥스퍼드대학교의 이안 교수가 동행한 것이 특이합니다."

"이안 교수는 어떤 사람입니까?"

"한종태의 지도 교수로 알려졌지만, 영국 정치권에 상당한 영향력을 지닌 인물입니다. 이번 방문은 주선일보와 민주한국당이 공동 주최하는 정치 세미나의 초청으로 이루어졌습니다."

주선일보가 주도적으로 진행하는 정치 세미나는 한국 정치의 올바른 선택이라는 주제로 2일간 펼쳐진다.

대통령제와 의원내각제 중 한국에 가장 적합한 정치제도가 무엇인지에 대한 토론이었다.

이안 교수는 의원내각제의 전문가였다.

이 토론에서는 대통령 임기 제도에 대한 토론도 진행된다.

대통령 임기 제도의 종류에는 대통령으로 단 한 번만 재직할 수 있는 단임제와 대통령으로 재직해 임기를 마쳐도 연이은 선거에서 당선되면 다시 대통령으로 재직할 수 있지만, 차기 대선에서 패하면 재출마할 수 없는 연임제가 있다.

한국은 5년 단임제를 선택했고, 연임제는 미국의 대통령 임기 제도였다.

여기에 횟수에 상관없이 거듭해서 선거에 나와 대통령을 할 수 있는 중임제가 있다.

"민주한국당에서 정치적인 이슈를 만들어보려는 것인가요?"

IMF를 불러온 정민당에서 탈당해 대선을 위해 새롭게 민주한국당으로 거듭났지만 정민당과 민주한국당은 동일한 당으로 취급했다.

그러다 보니 IMF 관리 체제를 불러왔다는 이유로 여당보다 야당의 지지율이 훨씬 떨어진 상황이다.

"내년 보궐선거를 바라보고 움직이는 것 같습니다."

비리로 인해 형이 확정된 3명의 국회의원에 대한 보궐선거가 내년 3월에 치러진다.

선거구는 부산 서구와 전남 순천, 예천 의성이다.

"혹시, 한종태가 보궐선거에 출마하는 것은 아니겠지요?"

2~3년간 영국에서 공부한다는 이유를 들며 한국을 떠났다. 그가 보궐선거에 출마하면 1년 만에 다시 한국에 돌아오는 것이다.

"아직은 불확실합니다. 하지만 민주한국당 내부에서 한 석이라도 확보하기 위해서는 확실한 인물을 내세워야 한다는 이야기가 흘러나오고 있습니다. 더구나 한종태의 고향이 부산이라 출마 가능성을 배제할 수는 없을 것 같습니다."

만약 부산 서구에서 치러지는 보궐선거까지 내준다면 민주한국당이 추진하는 정치권 재편에도 제동이 걸릴 수 있었다.

민주한국당은 정민당과 다시금 합당을 추진 중이었다.

"1년이 지났을 뿐인데, 다시금 정치권에 발을 내민다. 대산그룹이 한종태를 지원할 여유가 있습니까?"

"저희가 파악한 바로는 그럴 만한 여유가 없는 것으로 확인되었습니다. 중국 경기가 어려워지자 투자에 따른 여파가 대산그룹 내의 자금 경색을 심화시키고 있습니다. 계획대로라면 올해 중반부터는 수익을 발생시켜야 했지만, 아시아 외환 위기에 따른 중국 내 경기 하강에 직격탄을 맞은 것이 문제입니다."

"알겠습니다. 좀 더 지켜보도록 하지요. 중국 경제가 어려워진 상황을 우린 최대한 이용해야 합니다. 그리고 나눔기술 건은 어떻게 되었습니까?"

소빈뱅크에서 나눔기술에 투자를 제의했다.

"31억 원을 투자하기로 했습니다. 저희가 얻는 나눔기술의 지분은 24%입니다."

소빈뱅크 서울 지점은 중요 상황을 닉스홀딩스 비서실에 보고한다.

"24%면 충분합니다. 앞으로 주식이 상장되면 큰돈이 될 것입니다. 이 주식으로 대산그룹을 움직일 수 있을 것입니다."

역사대로 흘러간다면 나눔기술은 코스닥에 상장될 것이다.

인터넷 기술주에 대한 열풍으로 나눔기술은 처음 상장가인 1,075원에서 7개월 만에 15만 원이 넘어갔다.

150배가 넘어서는 놀라운 주가 상승이었다.

*   *   *

한종태는 대산그룹 이대수 회장과의 만남 이후 민주한국당의 정삼재 의원을 비롯한 자신을 지지하는 계파 의원들을 만났다.

"한국에 들어오시는 것입니까?"

오른팔 역할을 하는 정삼재 의원이 물었다.

"2년간 더 있을 생각이었지만, 한국 경제를 비롯한 정치적인 문제들이 심각하게 돌아가고 있는 모습이 눈에 들어왔습니다. 한국에서 보이지 않던 것들이 외부에서 더 잘 보이니 말입니다."

"말씀대로 이번 정부가 진행하고 있는 일들은 너무 거친 면이 많습니다. 처음 정권을 잡아서인지 아마추어적인 정책들로 인해 경제와 민생 문제를 더 악화시킨다는 느낌이 듭니다."

이영준 의원이 한종태의 말을 받아 이야기했다. 그는 한종태를 통해서 공천을 받아 국회의원이 되었다.

"경험 부족이 확연히 보입니다. 충분히 끌어낼 수 있는 외자 유치 하나 하지 못해서 엉뚱한 기업들이 죽어나가고 있지 않습니까?"

맞은편에 앉은 최대성 의원이 거들었다.

"국민들도 정부가 진행하는 기업 구조 조정에 큰 불만을 토로하고 있습니다. 제어장치가 없는 독불장군처럼 밀어붙이기만 하면 저절로 다 되는 줄 알고 있습니다. 당 대표님께서 다시금 돌아오셔서 이 나라를 바로 세우셔야 합니다."

정삼재 의원이 강한 어조로 한종태를 바라보며 말했다.

"여러분의 말씀 중 틀린 것은 단 하나도 없습니다. 경제도 흔들리고, 정치도 흔들리는 지금의 상황에서 민주한국당이 정부를 견제해야 하지만 그럴 만한 모습을 보여주지 못하고 있습니다. 민주한국당은 이 나라 민주주의 근간이 되는 정당입니다. 이러한 정당이 더 이상 흔들리는 모습을 두고 볼 수 없습니다. 이른 감은 있지만 이젠 제가 앞장설 때가 온 것 같습니다."

한종태는 처음으로 자신의 복귀에 대한 의사를 내비쳤다.

"하하하! 정말 잘한 결정이십니다. 배는 선장이 있어야 제대로 항해할 수가 있습니다."

"이제야 민주한국당이 힘을 낼 수 있겠습니다."

"하루빨리 돌아오시길 기대하는 당원과 국민들이 이 소식을 들으면 참으로 기뻐할 것입니다."

한종태의 최측근인 세 명의 의원들은 한종태의 말에 기쁨을 감추지 못했다.

그가 민주한국당에 돌아와야만 세 사람의 위상과 권력도 한층 더 올라갈 수 있기 때문이다.

*　　　　*　　　　*

영국으로 돌아가기 전 한종태는 기자회견을 통해서 내년 3월에 치러질 부산 서구 보궐선거에 출마하겠다고 공식 선언했다.

또한, 그 자리에서 한종태는 세계적인 투자금융회사인 로스차일드사에서 31억 달러를 대산그룹에 투자할 것이라고 발표했다.

자금난으로 외국자본 유치가 절실하던 재계에 단비와 같은 소식이었다.

한종태의 발표 이후 대산그룹 산하 전 계열사가 상한가를 기록했다.

한종태의 이러한 말에 대선그룹 측도 로스차일드사와 투자 협상을 진행 중이라고 발표했다.

덧붙여서 한종태의 적극적인 도움을 통해 투자가 이루어질 수 있었다고 말했다.

여기에 한종태와의 독점 인터뷰를 실은 주선일보의 기사에서는, 한종태가 영국에서 외국자본 유치를 위해 적극적이고 헌신적으로 뛰어다녔다는 내용이 실렸다.

이러한 결실이 로스차일드사의 투자로 이어졌다는 기사였다.

정부 관계자들도 하지 못했던 일을 야당의 전 당 대표가 해냈다는 것에 무게중심을 둔 기사였고, 한종태의 정계복귀가 꼭 필요하다는 결론으로 이어졌다.

"하하하! 일거양득의 효과입니다."

정삼재 의원이 주선일보를 민주한국당(민한당) 내 계파 의원들에게 내보이며 말했다.

"하하하! 민한당의 지지율이 처음으로 20%를 넘었습니다."

"내년 선거가 무척 기대됩니다. 하하하! 이러다가 우리 당이 싹쓸이하는 것이 아닌지 모르겠습니다."

"우리 당에는 한 대표님 외에는 답이 없어요. 누가 이런 일을 할 수 있습니까? 말만 앞세우는 정부가 하겠습니까?"

"안 의원 측에서 이제는 고개를 숙이고 들어와야 합니다."

계파 의원들은 저마다 한종태를 칭찬하기 바빴다.

안성훈 의원은 4선 의원으로 민한당 내에서 한종태 다음으로 큰 계파를 이끌고 있었다.

"안 의원 측에서 내세우는 후보들로는 선거를 치르기 전에 승패가 뻔히 보입니다. 한 대표님께서 금의환향하시면 정민당과의 관계도 깔끔히 정리될 것입니다."

정삼재 의원의 말에 방에 모인 의원들 모두가 고개를 끄떡였다.

이미 대세는 한종태에게로 넘어왔다는 것과 누구도 그것을 거부할 수 없다는 걸 방 안의 인물들 모두가 잘 알고 있었다.

로스차일드사를 통한 외국자본 유치는 그 무엇보다도 큰 성과이기 때문이다.

Chapter 2

〈신의주특별행정구 첨단 기술 유출 가능성〉

주선일보에서 다시금 신의주특별행정구와 닉스홀딩스에 관한 기사를 내보냈다.

최첨단 반도체 공장을 비롯한 석유화학, 철강, 핸드폰을 생산하는 통신기기 공장까지, 군사기술로 바로 전환할 수 있는 기술력을 갖춘 공장들이 신의주특별행정구에 즐비하다는 기사였다.

여기에 어려운 경제 상황에서 북한을 비롯한 중국 등에 손

쉽게 최첨단 기술이 유출된다면 경제가 더욱 어려워질 수도 있다는 내용이 포함되어 있었다.

기사를 쓴 기자는 신의주특별행정구를 방문해 보지도 않은 채 추측성 기사를 소설 형식으로 썼을 뿐만 아니라 닉스홀딩스에 김평일 위원장의 비밀 자금이 유입되었을 수도 있다는 말까지 더했다.

단기간에 놀라울 정도로 성장한 닉스홀딩스의 비밀에는 외부 자금 유입이 필연적이며, 이 자금을 통해서 석유화학, 제철소 등 거대한 공장들이 설립되었다는 것이다.

여러 가지 의구심을 잔뜩 늘어놓은 기사 내용은 코사크에 의해서 철저하게 경비되는 신의주특별행정구의 상황을 전혀 알지 못하는 거짓 기사였다.

"노골적으로 신의주특별행정구와 닉스홀딩스를 깎아내리는 기사입니다. 문제는 연달아 저희에 대한 부정적 기사를 썼다는 것입니다."

"기사가 나간 후에 본사로 항의 전화가 수십 통 걸려왔습니다. 대부분 어려운 경제 상황에 놓인 사람들을 외면하고 북한에 돈을 퍼주고 있느냐며 강하게 따지는 전화였습니다."

김동진 비서실장과 홍보팀을 맡고 있는 조민호 팀장의 말이었다.

"흠, 현실을 제대로 파악하지 못하는 사람들이 거짓 언론에 놀아날 수 있겠습니다. 법무팀과 협의해서 거짓 기사에 대해서는 철저하게 대응하십시오. 주선일보가 우리를 공격하는 이유가 광고 때문이지 아니면 정치적인 이유인지도 정확히 알아보십시오."

"예, 알겠습니다."

그때 회장실에 설치된 인터폰이 울렸다.

―장인모 의원과 신현석 의원께서 도착하셨습니다.

"들어오시라고 하십시오."

"그럼, 저는 법무팀과 만나보겠습니다."

조민호 팀장이 일어나며 회장실을 나갔다. 이번에는 그냥 넘어갈 수 없는 상황이었다.

적극적으로 대응해 다시는 이러한 기사가 나오지 않도록 할 예정이다.

"어서 오십시오. 바쁘신데 이렇게 회사로 오시라고 해서 죄송합니다."

"하하하! 아닙니다. 회장님께서 부르시면 당연히 와야겠지요."

"하하하! 저희보다 바쁜 분이신데요. 이렇게 불러주시는 것만으로 고마운 일입니다."

장인모 의원과 신현석 의원은 밝게 웃으며 말했다.

"그렇게 생각해 주시니 감사합니다. 두 분이 오셨으니, 다시 이야기를 진행하시지요."

내 말에 김동진 비서실장이 다시금 입을 열었다.

"예, 두 분께서도 기사를 통해 아시다시피 한종태의 소개로 대산그룹이 로스차일드사의 투자를 받게 되었습니다. 이는 본격적으로 한종태와 대산그룹의 밀월 관계가 복원되는 일로 받아들일 수 있습니다. 자금 부족을 겪고 있던 대산그룹에 31억 달러의 자금이 들어가면 숨통을 트게 될 뿐만 아니라 현재 추진 중인 금융과 유통 사업에 날개를 달아주는 꼴이 됩니다. 이는 곧……."

김동진 비서실장의 설명에 장인모와 신현석 의원의 표정이 심각해졌다.

이 두 사람은 한종태가 대통령이 되기 위해서 어떤 일들을 진행했는지 잘 알고 있었다.

정계를 떠나 영국으로 유학을 갔던 한종태가 1년이 조금 넘은 시간에 다시금 돌아온 것이다.

"흠, 다시금 대권에 도전하는 행보를 보이겠군요?"

"부산 보궐선거에 출마를 공식화했으니까요. 한종태는 로스차일드라는 든든한 후원자를 끌어들였습니다."

"왜 로스차일드가 한종태를 선택했을까요?"

광복회 출신 의원인 신현석이 물었다.

"그건 아직 알 수 없습니다만, 저를 견제하기 위한 것일 수도 있습니다. 더구나 로스차일드는 이스트 세력의 중추적인 기둥입니다."

"흠, 회장님을 견제하기 위한다면 한종태를 대통령으로 만들기 위한 작업을 한다는 말이 되겠군요."

내 말에 장인모 의원이 말했다.

"예, 저를 견제할 장치를 만들기 위해서는 한국의 대통령을 자신들 편으로 만들어놓는 것도 하나의 방법입니다. 이 나라의 대통령은 막강한 권한을 가진 제왕적 대통령이지 않습니까."

"회장님의 말씀을 듣고 보니, 한종태를 선택한 이유를 알겠습니다. 더구나 한종태에게 해외 자본 유치라는 선물을 안겨주어서 국민들의 호감을 사는 방법을 택한 것도 고도의 전략인 것이 분명합니다. 지금 언론들 모두가 한결같이 한종태에게 호의적인 모습입니다."

장인모 의원의 말처럼 신문사와 각종 방송 매체에서는 로스차일드사의 투자 유치를 대서특필했고, 한종태가 31억 달러의 투자 결정에 결정적인 역할을 했다는 것을 보도했다.

이러한 보도 내용에 한종태의 인기가 치솟았다.

로스차일드사도 투자 유치와 관련된 발표를 통해 한종태전 의원 놀라운 열정과 해박한 지식, 그리고 한국을 사랑하는 마음에 감복하여 투자를 결정했다는 말로 한종태를 높이 평가하는 발언을 했다.

"로스차일드사는 투자에 앞서 공식적인 발표를 통해 대산그룹의 신인도를 높이고, 세계 유수의 전략적 사업 파트너들이 대산그룹 계열사에 투자하도록 하는 데 지원을 아끼지 않겠다는 립 서비스를 시작했습니다. 이와 함께 대산그룹도 영국의 베리티와 프랑스 발레오가 대산증권과 대산시스템에 투자하겠다는 의사를 피력했다고 발표했습니다. 이전에 볼 수 없었던……."

김동진 비서실장이 두 의원에게 대산그룹의 동향을 설명해주었다.

로스차일드사의 발표를 기다렸다는 듯, 대산그룹은 영국과 프랑스는 물론 미국의 여러 투자사가 대산그룹에 투자를 진행하겠다는 의향서를 보내왔다고 말했다.

"한종태와 대산그룹이 한배를 탔다는 말이군요?"

"미르재단이 활발하게 움직일 때도 회원사였던 대산그룹은 한종태를 대통령으로 만들기 위해 물심양면으로 그를 도왔습니다. 지금의 상황으로 봐서는 앞으로도 바뀌지 않을 것 같습니다."

외환 위기 이후 IMF 관리 체제 아래에서 대산그룹은 큰 타격을 입고 재계 순위 3위에서 20권으로 수직으로 하강했다.

"한종태가 보궐선거에 출마한다는 것은 기정사실이 되었습니다. 더불어서 추락했던 민한당의 인기도 상승하고 있습니다."

신현석 의원은 심각한 표정으로 말했다.

"이번 보궐선거를 기점으로 한종태는 다시금 대권 도전에 나설 것이 분명합니다. 그를 뒷받침해 줄 든든한 후원자를 얻은 상황에서 자신의 야망을 숨길 필요성이 없어졌습니다. 만약 한종태가 로스차일드사와 대산그룹을 등에 업고 대통령에 오른다면, 저희가 계획하고 진행하는 일들은 뜻대로 이룰 수가 없을 것입니다."

"그럼, 이대로 두고만 봐야 합니까?"

장인모 의원이 물었다.

"지금은 지켜보는 쪽이 좋겠습니다. 사실 한종태를 통한 로스차일드의 등장은 예정에 없던 일이었습니다. 우선 저들이 어떤 식으로 일을 진행할지 알아야겠습니다."

이스트의 중추 세력인 로스차일드는 항상 제3의 인물이나 단체, 그리고 투자사를 통해서 움직였다.

그러나 이젠 자신들이 직접 움직이기 시작한 것이다.

"이 나라 경제를 망친 주역에게 몸을 의탁한 것은 새로운 친일파로 보아도 무방합니다. 한종태가 대통령이 되면 분명 나라를 팔아넘길 것입니다."

신현석 의원이 분개하듯이 말했다.

동아시아에서 발생한 외환 위기가 어떤 식으로 일어나 한국에 어떤 영향을 끼쳤는지에 대해 신현석 의원은 잘 알고 있었다.

그 모든 게 이스트와 웨스트의 치밀한 계획이라는 것도.

닉스홀딩스에서는 관계를 맺고 있는 두 의원에게 정보를 제공했다.

"15대 대선에서 저지른 범죄행위에 대해 죗값을 물었어야 했는데, 너무 쉽게 한종태를 놓아준 것이 안타깝습니다."

신현석 의원에 말에 장인모 의원도 화가 난 모습이었다.

"저도 한종태가 이렇게까지 나올 줄은 몰랐습니다. 이제부터는 정치와 언론을 바꾸어야 할 시기가 된 것 같습니다. 이 나라가 평화롭게 통일된 후, 만주를 손에 넣기 위해서는 말입니다."

이 자리에 있는 모두가 염원하고 있는 바람이자, 원래의 자리로 돌아가는 일이었다.

하지만 이러한 우리의 바람을 이스트나 웨스트는 절대로 원하지 않았다.

"회장님의 말씀처럼 정신을 바짝 차리고 대응을 해야겠습니다. IMF 관리 체제를 통해서 경제주체에 대한 체질 개선을 진행하고 있지만, 적들은 보고만 있지 않은 것 같습니다."

김동진 비서실장의 말이었다.

"우리가 세웠던 계획보다 더 면밀한 대책을 세워야겠습니다. 내부가 흔들리면 외부의 적과 싸울 수 없으니까요."

외환 위기에 따른 IMF를 막을 수 없다면 오히려 기회로 삼아 미르재단을 해체하고, 그에 속했던 기업들을 무너뜨려 새로운 경제 질서를 만들려고 했다.

지금 그러한 질서가 만들어지고 있는 상황에서 정치계와 언론이 다시금 새로운 시대의 흐름을 역행하는 일을 진행하려 움직이고 있었다.

그 선두에 한종태와 대산그룹이 나선 것이다.

＊　　　　　＊　　　　　＊

베어스턴스 주주총회에서 소빈뱅크에 대한 인수안이 통과되었다.

내년 1월 발생 예정인 베어스턴스 신규 주식 9,700만 주를 주당 10.30달러에 인수하는 데 합의함에 따라 소빈뱅크는 지분 51%를 보유한 최대 주주가 될 예정이다.

소빈뱅크는 이번 인수를 통해 베어스턴스의 증권 사업 부문 노하우를 고스란히 전수받게 됨으로써 투자은행의 경쟁력이 크게 상승할 것이다.

베어스턴스의 주력 사업 부문은 헤지펀드 등을 대상으로 한 주식 위탁매매와 11억 달러의 수익을 기록한 글로벌 청산 업무가 시장에서 전문성을 인정받았다.

소빈뱅크는 베어스턴스 인수 후 과감한 구조 조정을 통해서 부실이 발생한 분야와 인력에 대한 감축을 진행한다.

미국 내 모기지 관련 사업부는 과감하게 정리할 예정이다.

소빈뱅크에 대한 거부감을 줄이기 위해 소빈베어스턴스로 이름을 사용할 것이지만, 향후 베어스턴스의 이름은 떼어질 예정이다.

베어스턴스에서 가장 탐이 났던 분야는 금과 은을 비롯한 광물에 대한 선물거래였다.

베어스턴스에서 가장 많은 금속·광물 원자재 관련 선물을 주관하여 거래했고 경험이 풍부했다.

베어스턴스는 금속·광물 원자재 선물거래를 주관하면서 국제 원자재 가격에 영향을 줄 수 있는 위치에 있었다.

이제 그 위치를 소빈뱅크가 차지한 것이다.

"베어스턴스의 구조 조정 작업은 내년 3월까지 끝낼 예정입니다. 문제는 타이거투자관리사(타이거펀드)의 손실이 생각보다 심각하다는 것입니다. 뉴욕 연방준비은행 지원하는 250억 달러로는 정상화를 이룰 수 없습니다."

베어스턴스 인수·합병의 책임자이자 소빈뱅크 뉴욕 지점을 맡고 있는 존 스콜로프의 보고였다.

뉴욕 연준은 재할인 창구를 통해 250억 달러를 소빈뱅크에 지원하여 타이거펀드사에 공급하도록 했다.

이와 함께 FRB(연방준비은행)는 재할인율을 0.25% 인하하면서 시장에 대한 유동성 공급을 더 늘렸다.

타이거투자관리사는 타이거펀드 이외에 재규어펀드, 퓨마펀드, 판다펀드 등을 운용한다.

"얼마나 자금이 필요한 거지?"

"적어도 500억 달러에서 최대 700억 달러의 자금이 필요합니다."

"뉴욕 연준은 뭐라고 하나?"

"250억 달러가 최대라고 이야기를 합니다. JP모건도 90억 달러밖에는 투자할 수 없다고 못을 박았습니다."

소빈뱅크와 JP모건이 타이거펀드를 인수하는 것으로 이야기되었다.

하지만 타이거투자관리사의 부실이 예상보다 커지자 JP모건은 한발 물러나는 형국이었다.

여기에 베어스턴스의 인수 허용에 대한 대가로 반드시 타이거투자관리사를 인수하라는 압력을 뉴욕 연방준비은행에서

행사하고 있었다.

"340억 달러라면 나머지 360억 달러를 우리가 감당하라는 말이군."

JP모건이 투자하는 90억 달러 또한 실질적으로는 뉴욕 연준이 지원하는 자금이다.

"예, 최대치로 잡으면 360억 달러가 들어갈 수 있습니다. 문제는 현재 타이거펀드의 자산이 158억 달러밖에 남지 않았다는 것입니다. 사실 타이거펀드를 인수하더라도 거덜 난 창고를 정리하는 꼴입니다."

타이거펀드는 다른 헤지펀드와 마찬가지로 엔화가 약세를 나타낼 때 엔화를 차입해 러시아나 동남아시아 등 채권수익률이나 주가 상승률이 높았던 지역에 투자했다.

이른바 엔 캐리 트레이드를 통한 투기적 거래에 나선 것이다.

그러나 러시아의 모라토리엄이 발생한 후 G7(서방선진 7개국)의 협조 개입 여파로, 엔화 강세와 함께 소빈뱅크와의 환율 전쟁 끝에 자본 손실(Capital loss)과 함께 환차손도 입게 됐다.

이때 일본은 일본 은행을 통해 45억 달러 상당의 달러화 자산 매각으로 엔화 방어에 나섰고, 예상치 못한 일본 은행의 움직임에 타이거펀드는 결정적인 손실을 보았다.

"흠, 우리가 예상했던 250억 달러보다도 자산이 줄어든 원인은 뭐지?"

"타이거펀드와 재규어펀드, 퓨마펀드 등 타이거투자관리사에서 운영하던 펀드들 대부분이 가치주 투자에 집중했습니다. 문제는 펀드가 투자한 주식 중 상당수가 매입한 가격보다 적게는 18%에서 최대 50% 가까이 떨어진 상황입니다."

미국 증시의 흐름이 전통적인 블루칩(우량주)에서 인터넷·정보 통신으로 대표되는 신경제(New Economy)로 빠르게 옮겨 가고 있는데도 타이거펀드는 전통적인 가치주(Value Stock)를 고집했다.

타이거펀드는 40명에 달하는 애널리스트(분석가)를 거느리면서 10여 개 주식 종목과 외환 및 채권에 집중적으로 투자하는 것으로 유명했다.

'지금은 닷컴 기업들의 주가가 폭등하는 시기이지…….'

"타이거펀드가 투자한 주가가 우리의 예상보다 폭락이 컸다는 말이군."

"예, 타이거펀드는 96년부터 US항공(US Airway)의 주식을 사들였습니다. 이 주식은 작년 말부터 올해까지 48.8%가 폭락했습니다. 매입량이 많았던 카니발코퍼레이션(Carnival Corporation)도 25%나 떨어졌습니다. 이 밖에도 아메리칸익스프레스, 델타에어라인, 나비스타인터내셔널, 길리드사이언시스, 비자카드, 넷플릭스, CBS, 코카콜라, 제너럴모터스도 사들인 가격보다……"

카니발코퍼레이션은 세계 최대 크루즈(유람선)선사 그룹이며 타이거펀드는 이곳에 집중투자하고 있었다.

카니발코퍼레이션은 전 세계 크루즈 비즈니스시장의 50% 이상을 점유하고 있다.

길리드사이언시스는 제약 부분에서, 특히 C형 간염 치료에 특화돼 있으며 에이즈 및 암 관련 다양한 치료제를 보유하고 있다.

"타이거펀드의 투자 전략은 보텀—업(Bottom—up) 전략입니다. 이는 시장 상황에 구애받지 않고 내재 가치가 우수한 저평가 종목에 투자하는 것으로… 거시 경제 상황을 분석하고 투자 국가와 업종을 고른 뒤, 최종적으로 종목을 결정하는 톱—다운(Top—Down) 전략에 대비되는 개념입니다."

"가치주 투자는 지독할 만큼의 끈기가 필요하지."

"맞는 말씀이십니다. 가치주 투자는 아주 쉽고 정직한 투자 방법이지만, 시장의 왜곡이 정상적으로 판단할 수 있는 범위를 넘어설 때는 이익을 내기가 힘들어질 수 있습니다."

지금의 주식시장은 이전에 볼 수 없었던 새로운 투자 환경을 맞이하고 있었다.

'그래, 맞아. 가치주 투자로 유명한 버크셔 해서웨이의 주가가 1999년 한 해에만 32%나 떨어졌었지……'

"지금 시장을 주도하는 곳은 인터넷·정보 통신의 IT 기업들이지만 이 추세가 계속되지는 않아. 타이거펀드가 매입한 종목들은 언젠가는 빛을 보게 될 거야."

1995년과 2000년 사이에 발생한 투기 투매 광풍 현상인 닷컴 버블(Dot com)은 2000년대 중반에 들어서 꺼졌다.

인터넷의 성장으로 IT와 관련된 벤처기업이 주목을 받았고, 이들은 시장에서 고평가된 가치를 기반으로 IPO 등을 하면서 잭팟을 터뜨렸다.

그 절정의 시기가 코앞으로 다가온 1999년이다.

"회장님께서는 IT 기업들의 주가가 빠진다고 보십니까?"

국제금융센터장인 소로킨 마트베이의 질문이었다.

"내년이 IT 기업들의 주가가 절정에 달하는 해가 될 거야. 새천년이 시작하면 시장 분위기가 확연히 달라지지."

닷컴 버블은 미국 시장을 시발점으로 풍부해진 유동성과 저금리 기조로 신규 투자처를 갈망하던 투자자의 요구와 IT 산업의 미래 가치에 대한 확신이 더해져서 버블이 최고조에 달했다.

여기에 발맞추어 흔들리는 금융시장에 유동성을 공급하기 위해서 미국 연방준비은행은 금리를 계속 인하하는 추세였다.

닷컴 버블은 미국, 한국, 독일 세 나라가 후유증이 가장 심각했다.

"그런데 소빈뱅크의 투자 포트폴리오도 대부분 IT 기업에 중점적으로 이루어지고 있지 않습니까?"

스콜로프가 의구심 가득한 눈빛으로 물었다.

"지금까지 그래왔지만, 내년 말부터는 타이거펀드가 추구했던 가치주 투자로 전환되는 시기야. 우리가 가지고 있는 IT 기업들의 주식을 시장에 내다 팔고 다시금 전통주로 갈아타야 할 시기이기도 하지."

현재 세계 경제가 가장 주목하는 분야는 인터넷의 대두였다.

컴퓨터 앞에 앉아 뉴스는 물론 영화와 책을 보고, 서로의 얼굴을 보며 대화 소통이 가능했던 꿈의 통신망이 대중화되자 너도나도 이 분야의 사업에 뛰어들고 있었다.

언론은 IT 기업에 대한 장밋빛 뉴스들뿐이었고, 투자자들은 이런 언론 보도에 투자하지 못했다는 상대적인 소외감과 이를 만회하기 위한 조급함에 쫓겨 제한된 정보임에도 불구하고 큰 금액을 신속하게 투자했다.

이러한 광풍은 시간이 지날수록 묻지마 투자가 광범위하게 이루어졌다.

"그 이유를 여쭈어봐도 되겠습니까?"

"아직은 언론에서 떠들고 있는 일들을 인터넷상에서 모두

구현할 수가 없어. 제반기술과 그에 따른 인프라가 뒷받침하지 못한다는 것을 대중들은 곧 깨닫게 될 거야. 더구나 IT 기업들이 수익을 낼 수 있느냐와 지속 가능성을 따져봐야 하는데도 지금은 그걸 묻는 사람들이 얼마 되지 않지."

1999년까지도 인터넷망은 56K 모뎀이나 케이블선 위주였다.

이에 따른 느린 서비스와 각종 문제점들이 노출되자 웹 서비스에 대한 불신감과 반감이 팽배해졌다.

이는 IT 기업들이 처음에 제시한 비전을 실현하는 시간을 너무 짧게 잡은 결과였다.

투자자들은 기술적으로 시간이 걸릴 수 있는 일들을 앞서 기대한 나머지, 빠른 시간 내에 비전과 결실이 실현될 것으로 예상한 것이다.

"무슨 말씀인지 알겠습니다. 그럼, 타이거펀드에 들어 있는 종목들이 빛을 발할 때가 온다면 인수를 거부할 필요성은 없겠습니다."

"인수 가격만 맞는다면 타이거펀드는 우리에게 큰 수익을 안겨줄 거야."

"알겠습니다. 다시금 뉴욕 연준과 협상을 진행해 보겠습니다."

"굳이 JP모건을 끌어들일 필요는 없어. 우리가 독자적으로 움직이는 것이 좋겠지. 현재 타이거펀드 상황도 JP모건에게는 매력적이지 않으니까."

타이거펀드의 부실이 생각보다 크다는 것을 알게 되자 JP모건은 발을 빼고 싶어 하는 분위기였다.

오히려 퀀텀펀드 쪽이 훨씬 나아 보였다.

Chapter 3

"로스차일드사에서 약속대로 6억 달러가 입금되었습니다."

"하하하! 겹경사야. 대산도 그렇고 중호도 날아오를 일만 남았어."

대산그룹의 이대수 회장은 정용수 비서실장의 보고에 호탕한 웃음을 토해냈다.

근래에 들어서 이렇게 크게 웃는 모습을 보인 것이 처음이었다.

"중호가 투자한 나눔기술이 시장에서 반응이 뜨겁습니다. 계획한 대로 코스닥에 상장할 것 같습니다."

"하하하! 인생사 새옹지마(塞翁之馬)라고 죽으라는 법은 없는 거야. 주변의 도움 없이 중호 혼자서 해냈다는 것이 더 대단해."

이대수 회장은 간간이 아들인 이중호가 하는 일을 보고받고 시켜보았다.

"한 번의 실패가 중호에게 큰 밑거름이 된 것 같습니다."

"그래, 실패는 성공의 어머니라고 하잖아. 이젠 스스로 해낼 수 있다는 자신감을 가졌을 거야. 대산의 숨통이 트였으니, 나눔기술에 도움을 줄 수 있는 일이 있는지도 한번 알아봐."

"예, 바로 알아보겠습니다."

정용수 비서실장에게 지시하는 이대수 회장의 목소리에는 자신감이 넘쳐흘렀다.

한동안 텅 비어 있던 대산그룹의 곳간에 든든한 자금이 들어오고 있었기 때문이다.

*　　　　　*　　　　　*

12월 20일 마카오의 밤이 바뀌었다.

포르투갈의 지배하에서 중국으로 주권이 넘어가기로 한 1년을 정확히 남겨두고서 마카오의 밤을 지배하기 싸웠던 삼합회가 하나로 통합된 것이다.

태국과 베트남에서 넘어왔던 현지 조직들도 야반도주하듯이 본국으로 갑자기 돌아갔다.

마카오 최고의 조직으로 불렸던 신의안의 천쿼홍이 돌연 사망하자 천도맹(天道盟)에 새로운 주인이 된 천녀(天女)라 불리는 인물에게 흡수되듯이 통합되었다.

천도맹을 이끌던 양아체 또한 암살되었었다.

마카오의 두 번째 조직에 올라섰던 수방의 장진룽은 직접 천도맹에 찾아가 천녀 앞에 무릎을 꿇고 충성을 맹세했다.

그것으로 인해 마카오에서 들려오던 총성이 멈췄다.

마카오의 핵심 조직들을 흡수한 천도맹은 망천(望天)과 태양(太陽), 강풍(强風), 인강(仁剛)이라는 조직을 만들어 지휘 체계를 더욱 강화했다.

"마카오가 천녀님의 발 앞에 놓였습니다. 이 기세를 모아서 홍콩도 저희가 접수하겠습니다."

천도맹의 호법이자 수석 장로가 된 홍무영이 기쁨에 찬 모습으로 말했다.

"너의 노고가 컸다. 우린 홍콩을 넘어 중국까지 손에 넣어야 하느니라."

"중국을 말입니까?"

옆에 있던 화린이 물었다.

"중국을 통해서 세상을 타오르게 할 불을 지를 것이다. 이 세상은 뜨거운 불 속에서 정화된 후에 새롭게 태어나야만 하느니라."

"하하하! 말씀만 하십시오. 세상이 불타는 모습을 저 또한 빨리 보고 싶습니다. 연약하기 짝이 없는 놈들이 세상을 다스리고 있다는 것이 용서되지 않습니다."

홍무영은 천녀의 말에 큰 소리로 웃으며 호응했다.

"나를 섬김으로써 너는 파괴와 창조를 동시에 맛볼 것이다. 더 나아가 혼란과 파멸 속에서 세상의 우둔한 인간들은 섬김을 받기 위해 태어난 나를 숭배하고 따를 것이다. 그들은 빛이 어둠을 밝히는 것이 아닌 어둠이 빛을 가두어 버리는 놀라운 일을 경험하고 보게 될 것이다."

"천녀님을 섬길 수가 있다는 것이 크나큰 영광입니다."

"저 또한 천녀님을 만난 것이 큰 기쁨입니다."

천녀의 말에 홍무영과 화린은 바닥에 무릎을 꿇으며 말했다.

"너희는 가장 큰 영광의 자리에 올라서는 날, 나의 오른쪽과 왼쪽에 함께 설 것이다. 그날을 위해서 세상은 혼돈해야 하며 무질서해야만 하느니라. 그것이 내가 세상에 나온 목적이며 마땅히 그리되어야 할 이치이자 질서니라."

천녀의 말에 홍무영과 화린은 깊숙이 고개를 숙여 절을 했다.

두 사람 앞에 서 있는 천녀는 진정 그들이 기다려 온 절대자이자 신의 대리인이었다.

천도맹은 조직을 더욱 체계화하면서 종교적인 색채까지 갖추어가고 있었다.

*   *   *

헤지펀드의 처리가 늦어지자 다시금 미국 주식시장이 출렁거렸다.

몇 주간 안정세를 보이며 회복했던 주가가 단숨에 이전 가격 아래로 떨어졌다.

금융시장 안정을 위해 1천3백억 달러를 쏟아부은 연방준비은행(FRB)의 행위가 무색할 정도로 시장이 흔들린 것이다.

이 여파는 아시아와 유럽에도 고스란히 영향을 주었다.

"헤지펀드의 정리는 내년을 넘기지 않기로 했잖아?"

뉴욕 연준의 윌리엄 맥도너 총재가 신경질적으로 반응했다.

맥도너 총재는 헤지펀드의 정리를 통해서 자신의 위치를 더욱 확고하게 자리매김하려 했다.

"소빈뱅크가 타이거펀드의 추가 손실을 내세우며 인수를 미적거리고 있는 게 문제야."

미국 증권거래위원회(SEC)의 클레이튼 위원장이 대답했다. 그는 맥도너와 함께 킹덤 마스터의 최측근 중 하나였다.

SEC는 1934년 증권거래법에 의해 설립된 독립 감독관청으로 미국 증권 업무를 감독하는 최고 기구이며, 유가증권 및 금융에 관한 특정한 연방법을 집행하는 독립적이며 중립적인 정부의 준사법기관이다.

SEC 위원은 다섯 명으로 상원의 추천과 승인을 거쳐 대통령이 임명한다. 이들의 임기는 5년이며 의장은 대통령이 지명한다.

올해 클레이튼 의장이 연임할 수 있게 하는 법안이 통과되었다.

"손실이 얼마나 발생한 거야?"

"엔화 강세로 인한 손실과는 별도로 주식투자로 인해 150억 달러 가까이 손해가 발생했습니다. 타이거투자관리사가 처음 우리에게 제출한 자본 금액과는 달라진 상황입니다."

기업재무국을 담당하는 달리우스 국장의 말이었다.

"도대체 어떻게 투자를 했길래 그런 손해를 입은 거야?"

맥도너가 신경질적으로 다시 물었다.

"타이거투자관리사에 속한 펀드들은 블루칩을 위주로 투자를 진행했습니다. 시장을 이끄는 뉴이코노미 관련주들을 배제한 투자로 포트폴리오를 구성했습니다."

소빈뱅크에게 타이거투자관리사의 인수를 서두르라고 압력을 가하고는 있지만, 강제 규정은 아니었다.

더구나 타이거펀드를 비롯한 운영 펀드들의 손실이 새롭게 나타나고 있는 것이 문제였다.

"바보 같은 놈들! 소빈뱅크의 조건이 뭐냐?"

헤지펀드의 처리 시간이 늦어지면 금융시장은 더욱 불안한 모습을 보일 것이다.

더구나 추가 손실로 인해 타이거펀드의 공동 인수자인 JP모건이 한발 물러나는 상황이었다.

"추가로 손실이 확인된 150억 달러에 대해 추가 지원을 해달라고 합니다."

"그건 어려운 일이잖아. 그 금액을 추가 지원 하기 위해서는 국회를 거쳐야 해. 그렇게 되면 헤지펀드의 연내 처리는 어렵게 되잖아."

피곤한 표정의 맥도너 총재는 의자에 깊숙이 기대며 말했다.

"조건이 맞지 않으면 인수 검토를 처음부터 다시 하겠다고 합니다."

"작은 것 때문에 지금까지 투입된 1,300억 달러가 날아가면 문제가 더 심각해질 거야. 지금은 시장 안정이 최우선이야."

달리우스 국장의 말에 클레이튼 의장이 우려 섞인 표정으로 말했다.

"의회를 거치지 않고 지원할 수 있는 금액은 얼마나 되지?"

"100억 달러는 지원 가능합니다."

"흠, 미국에 온 표도르 강을 만나 다른 방법을 찾아보도록 하지."

뜻대로 진행되지 않는 일 때문인지 맥도너 총재의 눈빛에는 깊은 고민이 들어 있었다.

금융시장이 재편되고 안정되어야만 새로운 계획에 들어갈 수 있기 때문이다.

*   *   *

뉴욕 맨해튼 도심에서 동쪽으로 24㎞ 떨어진 존 F. 케네디 국제공항에 룩오일NY의 전용기가 도착했다.

이번 미국 방문은 베어스턴스은행의 합병과 함께 퀄컴의 인수 문제를 논의하기 위해서였다.

여기에 미국에 진출한 코사크와 미국에서 높은 성장률을 기록 중인 닉스 법인 산하 기업들을 둘러볼 예정이다.

"미국에 오신 걸 환영합니다."

주미 러시아 대사인 아파나시예프가 공항에서 날 영접했다. 이러한 일들은 이젠 세계 어느 나라를 가든 동일한 일로 받아들여졌다.

"나와주셔서 감사합니다."

아파나시예프에게 손을 내밀어 악수를 청했다.

"당연한 일입니다. 이렇게 표도르 강 회장님을 뵐 수 있어서 영광입니다."

아파나시예프는 내 손을 잡으며 고개를 숙였다.

공항에서 현지 대사가 날 영접하고 눈도장을 찍는 것만으로도 러시아에서 위치가 달라질 수 있었다.

러시아에서는 날 만나고 싶어 하는 정치인과 관리들이 많았다. 하지만 이젠 그들에게조차 시간을 내줄 만큼 한가하지 않았다.

러시아 진출 초창기 사업을 위해 러시아 관리들을 만나기에 애를 썼던 그 시절은 이제 온데간데없이 사라졌다.

"요즘 미국 내 모습은 어떻습니까?"

공항에 마중 나온 NS코리아의 루이스 정 대표에게 물었다. 룩오일NY와 닉스홀딩스의 관련 인수·합병은 모두 NS코리아를 통해 이루어졌다.

두 그룹과 연관된 M&A 외에도 굵직굵직한 인수·합병을 성사시키고 있었다.

"새로운 신사업인 IT 기업에 대한 기대가 상당합니다. 다들 영화에서 보았던 새로운 세상이 곧 오는 것처럼 떠들고 있습니다."

"세상은 변하고 있지만 아직은 아닙니다."

공항에 나온 인물들을 하나하나 살핀 후에 닉스뉴욕호텔로 향했다.

함께 비행기에서 내린 경호원들 외에도 미국 현지에 진출한 코사크의 경호대 30명이 호위를 했다.

뉴욕 월가에 자리 잡은 소빈뱅크에서 테러를 당한 후 미국 내 출장에도 상당한 경호원들이 동원되었다.

*   *   *

닉스뉴욕호텔 31층에 자리 잡은 프레지덴셜 스위트에 여장을 풀었다.

뉴욕 센트럴파크가 훤히 내려다보이는 최상층 VIP 전용 프레지덴셜 스위트는 눈꽃 모양의 우아한 샹들리에와 여유로운 거실 공간을 갖춘 호화로운 펜트하우스였다.

총 네 개의 침실과 회의실, 오피스, 미디어 룸, 프라이빗 스파 트리트먼트 룸, 주방 기구 및 필요한 모든 용품이 완비된

부엌과 함께 15인용 다이닝 테이블을 갖추었다.

"이야! 여기도 정말 멋지네."

감탄사를 내보이는 송가인은 미국 출장에도 함께했다.

"뉴욕의 전경도 나쁘지 않지."

프레지덴셜 스위트 창밖으로 파노라마처럼 펼쳐지는 뉴욕 도심의 풍경은 일품이었다.

닉스뉴욕호텔은 멋진 도심의 풍경과 센트럴파크를 동시에 감상할 수 있는 몇 안 되는 호텔이었다.

"전 세계 어딜 가든지 회장님께서 머무시는 곳은 언제나 최고의 환경을 갖추고 있습니다."

모스크바에서 날아온 루슬란 비서실장의 말이었다.

그는 하루 먼저 뉴욕에 도착했다.

"그러고 보면 정말 오빠는 왕처럼 대접을 받는 것 같아."

"왕이 되고 싶은 생각은 없어. 단지 내가 어디까지 올라설 수 있을까 하는 생각이 들 뿐이야."

"오빠와 함께하다 보니까 세상이 참 공평하지 않다는 것이 느껴져."

"무엇 때문에?"

"공항에서부터 오빠는 특별한 대접을 받으니까. 일반 사람들은 길게 줄을 서서 공항을 나서야 하는 상황에서도 오빠는

늘 프리패스잖아. 더구나 이런 고급스러운 호텔의 최고급 객
실에만 머물고 말이야. 정말 가진 자들의 세상인 것 같아."

가인은 나와 함께하면서 내가 누리고 있는 것들을 직접 느
끼며 보았다.

"그래, 맞아. 세상은 공평하지 않지. 자본과 권력을 가진 자
들이 자신들을 위해 법과 제도를 만들어가니까. 앞으로도 마
찬가지일 거야. 그리고 개인은 지금 상황을 바꿀 수 없어, 단
지 상황을 이해할 뿐이야. 세상의 부는 시장에서의 비대칭성
과 권력의 비대칭성이 계속 유지되는 한, 막강한 자본과 권력
을 가진 금융기관과 자본가에게 더욱 부가 쏠릴 테니까."

"그럼, 오빠도 지금보다 더 많은 돈을 벌겠네?"

"그럴 수도 있고, 아닐 수도 있겠지. 우리가 세상을 지배하
려는 세력에게 무릎을 꿇는다면 말이야."

"회장님께서는 반드시 승리하실 것입니다."

옆에서 이야기를 듣고 있던 김만철 경호실장은 당연하다는
듯이 말했다.

그렇게 말할 수 있는 이유는 지금까지 단 한 번의 실패도
없이 성공 가도를 달려왔기 때문이다.

"저도 그럴 거라고 믿어요."

김만철의 말에 가인도 나를 향해 미소를 보이며 답했다.

호텔 방 안에 함께한 모두는 당연하다는 듯이 고개를 끄떡

였지만, 내 어깨 위에 올려진 책임감과 중압감은 해가 바뀔 때마다 더욱 커졌다.

이스트와 웨스트 세력은 계속된 실패에도 무너지지 않았다. 그러나 룩오일NY와 닉스홀딩스는 단 한 번의 실패에도 무너질 수 있다는 것이 달랐다.

수백 년의 역사를 가진 철옹성 같던 두 세력에게 맞대응하던 나라와 세력, 그리고 단체들 모두가 역사의 뒤안길로 사라졌다.

저들이 가진 무기는 막대한 금권만이 아니었다.

최후에는 두 세력이 가진 군사력을 사용할지도 모르기 때문이다.

인류사의 변곡점이 되었던 나폴레옹 전쟁, 제1차 세계대전, 제2차 세계대전, 미국의 남북전쟁, 한국전쟁, 중동전쟁, 베트남전쟁, 이라크전쟁 등 무수한 전쟁과 군사작전에 두 세력이 모두 관여했었다.

＊　　　　　＊　　　　　＊

소빈베어스턴스뱅크가 자리 잡은 월가에서 세 블록 떨어진 곳에 코사크 빌딩이 있었다.

217명의 코사크 직원들이 보안·경비 업무에 매달렸다.

코사크의 주 고객은 월가의 은행과 보험회사, 그리고 금융 회사를 운영하는 CEO들이었다.

코사크가 영국 런던 테러에서 큰 활약을 펼쳤던 것과 세계 적으로 악명을 떨치고 있는 러시아 마피아를 제압했다는 점 이 미국에서도 큰 호응을 얻었다.

더구나 미국으로의 진출을 활발하게 전개하고 있는 러시아 마피아들이 코사크는 절대 건드리지 않는다는 통설이 미국까 지 전해졌다.

실제로 웰스 파고 앤드 컴퍼니(Wells Fargo & Company)의 최 고 재무 담당자의 아들이 납치된 사건을 단 이틀 만에 코사 크가 해결했다.

러시아 마피아와 멕시코 갱단이 연루된 납치 사건이었고, 자칫 납치범들에 의해 인질이 피살될 수도 있는 사건이었다.

일반인에게는 알려지지 않았지만, 월가의 주요 인물들에게 는 코사크의 실력과 명성을 선보일 수 있었던 사건이었다.

그 사건 이후 코사크에 의뢰가 쏟아져 들어왔다.

"현 인원으로는 의뢰를 감당할 수 없어 20명을 더 추가로 충원할 예정입니다."

세바스찬 소칼로프 현지 책임자의 보고였다.

세바스찬은 미국에서 태어난 러시아계로, 미국 특수부대

네이비 실(Navy Seal) 출신으로 백악관 경호실에서 근무한 인물이다.

코사크에 입사하기 위해 직접 모스크바에 날아와 면접과 실기시험을 받았다.

입사 후 치러지는 코사크 훈련에서 뛰어난 모습을 보여주었고, 체코에서 벌어진 작전에서도 큰 활약을 펼쳤다.

그의 부모는 현재 모스크바에서 생활하고 있었다.

"미국 내 현지 훈련장은 준비를 갖추었나?"

"현재는 뉴욕주 방위군 훈련장인 캠프 업턴을 임대 형식으로 이용하고 있습니다. 이와 함께 육군 폐쇄 절차가 진행 중인 포트 딜던 훈련장을 인수하기 위한 협상을 진행 중입니다."

미국은 구소련 붕괴 이후 시대적 변화로 인해서 주방위군 소속의 작은 훈련장이나 기지를 통합하여 대형 대응 센터로 통폐합하는 작업을 진행 중이다.

유지비 및 전기 등 공공요금에 대한 주정부 및 연방정부의 예산 지원 감소로 인해서 뉴욕주에 속한 기지와 훈련장들도 상당수 통폐합되고 있었다.

"러시아 훈련장을 이용하기에는 제약이 있겠지. 모든 지원을 아끼지 않을 테니까, 코사크가 미국에서도 우뚝 설 수 있게 최선을 다해주게."

혹한에 따른 동절기 훈련은 모스크바와 블라디보스토크에

있는 훈련장을 이용했다.

"예, 회장님의 기대에 어긋나지 않도록 하겠습니다."

세바스찬은 자신감 넘치는 말로 답했다.

코사크가 진행 중인 전문적인 경호·경비 시스템을 따라올 만한 업체가 미국 내에는 아직 없었다.

코사크는 점차 PMC(민간 군사 기업)으로 나아가고 있었다.

아직 민간 군사 기업이 활성화되지 않은 상황에서 코사크는 정찰기, 수송기, 헬리콥터, 장갑차, 방탄차, 야포와 기관총으로 중무장하고 있었다.

Chapter 4

코사크 빌딩의 시설을 둘러본 뒤 곧장 소빈뱅크에 인수된 베어스턴스 빌딩으로 향했다.

베어스턴스 빌딩 정문에는 소빈베어스턴스뱅크라는 간판으로 바뀌어 있었다.

기존에 있던 소빈뱅크에서 100m 정도 떨어진 곳에 있는 소빈베어스턴스뱅크는 이제 소빈뱅크의 미국 내 활동에 거점이 될 것이다.

소빈베어스턴스뱅크는 모기지(주택 담보) 대출을 축소한 후에 기업 영업과 함께 주식 위탁매매, 증권 발행에 수반되는 초기 업무인 IPO와 강점을 보이는 글로벌 청산 업무, 기업 재무 관련 컨설팅 및 정보 제공 업무(Advisory), 증권 발행 기업의 재무 관리 대행, M&A 주선 업무, 채권 업무와 파생 금융 상품인 선물, 옵션, 스왑, 신용 파생 상품에 주력할 예정이다.

"정리가 진행되고는 있습니다만 완벽하게 끝마치려면 적어도 내년 3월은 되어야 할 것 같습니다."

빌딩 입구에서 날 마중 나온 존 스콜로프의 말이었다.

그는 베어스턴스의 합병을 진두지휘하고 있었다.

"서두르다가 망치는 것은 정말 어리석은 일이야. 소빈뱅크에 도움이 되지 않는 것들은 과감하게 버릴 줄도 알아야 해."

"예, 비대한 조직으로 이끌어가지는 않을 것입니다."

"맥도너는 도착했나?"

"예, 위에서 회장님을 기다리고 있습니다."

"많이 급한가 보군."

"표정이 좋아 보이지 않았습니다. 저희가 타이거투자관리사 인수를 미적거리는 것 때문에 주식시장이 폭락했다는 쪽으로 여기는 것 같습니다."

"후후! 틀린 이야기는 아니지만 우릴 너무 봉으로 생각했어."

소빈뱅크는 주식시장의 반응을 예측하여 이번 주가 폭락

사태에도 11억 달러를 벌어들였다.

39층에 마련된 회장실로 들어서자 윌리엄 맥도너 뉴욕 연방준비은행 총재가 기다리고 있었다.

"많이 기다리셨습니까?"

"하하하! 아닙니다. 급하게 연락드린 제가 기다려야지요."

내가 내민 오른손을 잡는 맥도너의 웃는 표정은 그리 밝지 못했다.

"가까운 거리인데도 뉴욕의 교통은 예측할 수 없는 것 같습니다."

"회장님 말씀대로 모스크바와 같지는 않습니다. 뉴욕의 교통을 해결하려면 많은 노력이 필요합니다."

"단번에 처리할 문제는 아닌 것 같습니다. 총재님께서 절 만나자고 하신 것은 타이거투자관리사의 문제 때문이십니까?"

자리에 앉자마자 곧장 핵심적인 질문을 던졌다.

"예, 말씀하신 대로 해결되지 않은 헤지펀드 처리 문제가 금융시장에 불안을 일으키고 있습니다. 빠른 처리만이 국제금융시장의 혼란과 불안을 잠재울 수 있습니다."

"그 점은 저도 같은 생각입니다. 그러나 맥도너 총재님께서 저희에게 타이거투자관리사의 인수를 제의하셨을 때는 타이거투자관리사의 회생이 가능하다고 보았습니다. 하지만 지금 타이커투자관리사에서 관리되던 타이거펀드를 비롯한 여러 펀드들의 상황은 저희가 인수할 수 없을 정도로 손실이 발생하고 부실화되었습니다. 수백억 달러를 투자한다고 해도 지속적인 손실이 발생할 수 있는 상황입니다."

"흠, 저도 그 점에 대해서는 드릴 말씀이 없습니다. 하지만 소빈뱅크는 베어스턴스의 인수를 통해 상당한 이익을 발생할 수 있는 상황이 되었습니다. 이 점은 기억해 주시면 감사겠습니다."

"베어스턴스의 인수와 관련되어 이익이 발생할 때까지는 시간이 필요할 것 같습니다. 베어스턴스 또한 저희가 예상했던 것보다 더 많은 자금 투자와 함께 구조 조정에 들어가야 하기 때문입니다. 저희에게 제공된 자료들과 조사 과정에 드러나고 있는 투자 관련 손실이 큰 차이를 보였습니다. 물론 베어스턴스는 저희가 감당할 수 있을 정도의 자금입니다. 하지만 타이거투자관리사는 저희가 감당할 수 있는 범위를 넘어섰습니다."

"흠, 어떻게 했으면 좋겠습니까?"

고심하는 표정의 맥도너는 먼저 자신의 패를 보여주지 않았다.

"추가 손실로 발생한 160억 달러와 함께 부실자산 정리에 들어가는 비용 20억 달러를 지원해 주십시오."

"허! 제가 듣기로는 소빈뱅크에서 150억 달러를 요구하신 거로 보고받았습니다."

내 말에 맥도너는 무척 놀라는 표정을 지었다.

"이번 주식시장의 폭락이 타이거투자관리사의 자산에도 문제를 일으켰습니다. 저희의 자금 지원 요청을 제때 받아들였다면 150억 달러로 끝낼 수 있었습니다. 문제는 현시점에서 다시금 타이거펀드의 자산 손실이 발생한다면 저희는 타이거투자관리사의 인수를 거절할 수밖에 없습니다."

타이거투자관리사 인수·합병은 공식적인 계약이 이루어지지 않은 상황이었다.

인수 절차에 따른 법률적인 검토와 타이거펀드의 복잡한 투자 방식으로 인해서 조사 기간이 길어졌기 때문이다.

"후! 솔직히 말씀드리면 저희가 지원해 드릴 수 있는 금액은 최대 120억 달러입니다. 처음 검토했던 것보다 20억 달러를 증액한 것입니다. 소빈뱅크가 요구하는 금액을 맞추기 위해서는 국회의 동의가 필요합니다. 그러면 골든타임을 놓치고 맙니다."

금융시장의 불안이 길어질수록 주식시장은 더욱 요동칠 것이 분명했다.

"손실이 발생할 것을 알면서 투자를 진행한다는 것은 무의미한 일입니다. 상당한 구조 조정이 필요한 금융회사를 인수

한다는 것은 한마디로 큰 모험이라는 것을 총재님께서도 잘
아시지 않습니까? 오히려 지금이라도 타이거펀드관리사는 청
산 절차를 진행하는 것이 더 나을지도 모르겠습니다."

"저희도 그러고는 싶지만, 지금까지 시장에 투입된 자금만
1,300억 달러가 넘어섰습니다. 타이거펀드가 무너지면 퀀텀펀
드는 물론이고 자금을 투자한 투자은행들도 도미노처럼 무너
질 수 있습니다. 이것은 곧 세계 경제가 최악의 시나리오로
가는 것입니다. 그 혼란이 닥치면 러시아나 한국도 결코 무사
하지 못합니다."

맥도너의 말은 틀린 말이 아니다.

퍼펙트 스톰(Perfect storm, 최악의 상황)에 놓이게 된다면 한
국과 러시아의 경제는 회복되지 못한 채 10년 전으로 후퇴할
수도 있었다.

"그렇다고 해도 미래가 불투명한 회사에 수백억 달러를 집
어넣을 바보는 없습니다."

"그럼, 어떻게 하시길 바라십니까?"

헤지펀드 정상화와 관련된 키를 내가 쥐고 있다는 것을 맥
도너는 잘 알고 있었다.

"소빈뱅크가 단독으로 타이거투자관리사를 인수할 수 있게
해주십시오."

"소빈뱅크 단독으로 말입니까?"

"예, 지금 상황에서는 JP모건과 함께 인수를 진행하게 되면 경영 정상화를 이루는 과정에서 의견이 달라질 수 있습니다. 타이거투자관리사는 일사천리(一瀉千里)로 빠른 구조 조정이 필요합니다. 이견을 조율하고 협상을 진행할 시간이 없다는 것입니다."

타이거펀드관리사 인수에 JP모건을 참여시킨 것은 일방적인 소빈뱅크의 독주를 막기 위해서였다.

베어스턴스와 함께 타이거투자관리사를 단독으로 인수하여 정상화시킨다면 소빈뱅크는 단숨에 미국 내 5대 투자은행을 넘어 3대 투자은행으로 우뚝 설 수 있었다.

현재 JP모건도 실속 없는 타이거투자관리사 인수를 꺼리는 눈치였다.

'소빈뱅크가 타이거투자관리사를 단독으로 인수한다고 해도 시장 장악력과는 별개의 문제겠지… 시장을 안정화하기 위한 시간만 벌어주면 되는 것이고… 더구나 지금 같은 상황에서는 타이거투자관리사를 이끌어가는 것 자체가 손해를 보는 구조이니……'

맥도너는 바로 대답을 하지 않고 생각에 잠긴 모습이었다.

그는 소빈뱅크에게 큰 이익을 주는 행위를 하고 싶지 않았다. 단순히 소빈뱅크는 지금의 혼란을 수습하기 위해 써먹다 버릴 패일 뿐이다.

"흠, 회장님의 조건을 받아들이면 추가 지원자금은 120억 달러로 진행될 것입니다."

"대신 JP모건에 지원하려던 자금도 저희 쪽으로 돌려주십시오. 그리고 소빈뱅크에 제한을 두었던 주식 매입 비율도 풀어주십시오."

기업재무국은 소빈뱅크에 미국 내 기업에 대한 투자 비율을 30%로 제한 두었을 뿐만 아니라 첨단 기업에 대한 투자금도 10억 달러로 제한했다.

이러한 조치는 미국의 국익에 연관된 적성 국가에 대한 견제였다.

소빈뱅크를 적성 국가처럼 취급하는 형태였지만 미국 진출이라는 목적을 위해 받아들였었다.

하지만 그 이면에는 룩오일NY와 소빈뱅크를 견제하려는 웨스트 세력의 움직임이 있었다.

"알겠습니다. 타이거투자관리사의 인수 절차에 들어가는 즉시 주식매입 제한은 풀릴 것입니다."

맥도너가 생각하기에는 나쁘지 않은 조건이었다.

JP모건에게 지원하려던 90억 달러의 금액은 본래 타이거투자관리사의 인수 조건에 따른 지원금이었다.

"감사합니다. 곧바로 인수를 진행할 것입니다."

오른손을 내밀어 맥도너에게 악수를 청했다.

"하하하! 좋은 결과가 있길 바랍니다."

서로가 맞잡은 손을 두고서 나와 맥도너는 주판알을 튕겼다.

소빈뱅크가 단독으로 타이거투자관리사를 인수하게 되면 구조 조정과 재무 개선 작업을 위해 FRB에서 지원하는 자금 외에도 적어도 200억 달러 가까이 쏟아부어야만 했다.

더구나 타이거투자관리사가 관리하던 펀드들의 투자 방향은 누가 보더라도 실패한 투자였다.

*　　　　*　　　　*

베어스턴스 인수·합병 이후 또다시 타이거투자관리사가 소빈뱅크의 손에 떨어졌다는 소식이 전해졌다.

금융시장의 변방이라고 여겨졌던 러시아의 은행이 세계적인 증권사와 투자관리사를 인수했다는 것은 금융업과 증권업에 종사하는 인물들에게는 큰 충격으로 다가왔다.

인수 금액은 정확히 알려지지 않았지만 적어도 500억 달러는 자체적으로 조달했을 것이라는 뉴스가 흘러나왔다.

"미국의 증권사와 투자회사가 러시아 은행에 넘어가다니, 이런 일도 있을 수 있군요?"

민한당(민주한국당) 전 당 대표인 한종태의 오른팔 정삼재 의원이 이대수 회장에게 물었다.

"저도 놀라고 있습니다. 소빈뱅크는 한국에서도 외환은행과 서울은행도 인수했습니다. 현재는 상업은행의 인수를 정부와 조율 중이라고 합니다."

"허허! 듣고 보니 정말 대단한 은행인 것 같습니다."

"예, 저희가 생각했던 규모의 은행이 아니었습니다. 미국과 한국은 물론이고 홍콩의 은행도 인수할 것이라는 말이 흘러 나오고 있습니다."

자리에 함께 배석한 정용수 비서실장의 말이었다.

"얼마나 돈이 많이 있길래 그 많은 은행들을 다 인수한답니까?"

"그게 미스터리입니다. 정확하게 알려진 것이 없습니다. 우리 대산도 러시아에서 사업을 진행하던 중에 소빈뱅크와 거래를 했습니다만 이렇게까지 커질 줄 몰랐습니다."

"소빈뱅크가 상업은행까지 인수하면 국내 은행 중에서도 제일 큰 은행이 되는 것이 아닙니까?"

"외환은행과 서울은행을 인수한 상황이라 이미 제일 규모가 큰 은행이라고 해야겠지요."

정삼재 의원의 말에 이대수 회장은 생각이 잠긴 표정으로 말했다.

"허허! 이거 이 나라의 국부가 외국 은행에 다 빠져나가는 것이 아닌지 모르겠습니다. 제 소관 분야가 아니라서 잠자코 있었는데, 정부가 진행하는 일에 제동을 걸어야 하는 것이 아닌지 모르겠습니다."

나름 걱정스러운 말을 뱉은 정삼재였지만 표정은 담담했다. 그는 나라의 일보다는 자신의 이권과 연관된 일을 더 중요하게 여기는 인물이다.

"은행들의 구조 개선이 이루어지지 않으면 IMF에 추가 지원을 받을 수 없습니다. 현재 진행 중인 은행들의 구조 조정은 IMF의 권고 사항이기도 합니다."

정삼재 의원의 말에 정용수 비서실장이 답했다.

"그래도 이건 너무 한쪽으로 밀어주는 일처럼 보입니다."

"인수를 진행할 만한 여력을 갖춘 은행이 별로 없기 때문입니다. 그나마 국민은행과 신한은행, 하나은행, 한미은행이 퇴출 은행들을 인수했지만, 우량 자산과 부채 범위를 놓고 논란을 벌이고 있습니다. 퇴출 은행들의 부실이 생각보다 큰 것 같습니다."

정보와 지식이 부족한 정삼재 의원을 위해 정용수 비서실장이 설명을 해주었다.

국민은행이 주택은행을 인수했고, 신한은행은 동화은행을, 한미은행은 경기은행을, 하나은행은 충청은행을 인수했다.

인수를 진행한 은행들 대부분이 구조 조정과 부채와 연관된 문제로 내부 진통을 겪고 있었다.

"이번 정부가 국정 경험이 없어서 아마추어적인 스타일로 일을 처리하는 것이 문제입니다. 한종태 대표께서 대통령이 되었다면 이런 혼란은 겪지 않았을 것입니다."

"옳으신 말씀입니다. 프로와 아마추어는 일을 수습하는 모습에서 큰 차이를 보입니다. 이번 정부가 진행하는 일들을 보면 너무 급하고 즉흥적인 면이 강합니다. 미래를 내다보지 못한 채 땜빵식 처방으로 일을 처리하다가는 조만간 더 큰 난관에 부닥치게 됩니다."

"제가 걱정하는 부분을 회장님께서 잘 말씀해 주셨습니다. 이 나라의 경제를 이끌어온 기업가들을 이렇게 냉대한 정부는 없었습니다. 사업을 하다 보면 돈이 필요한 것은 당연한 일인데도, 정부의 모습을 보면 대기업들을 죄다 죄인 취급 하고 있지 않습니까? 하루라도 빨리 정권을 되찾아 와야, 이 나라가 다시 전진할 수 있습니다."

"정 의원님과 같이 올바른 생각과 행동을 하시는 정치인만이 이 나라를 바꿀 수 있습니다. 내년에 치러질 보궐선거에서 진정한 정의가 살아 있다는 것을 보여주어야 합니다."

"그러기 위해서는 대산이 중심이 되어 미르재단을 다시금 일으켜 세워야 합니다."

"보영그룹과 선진그룹도 대의에 동참하기로 했습니다. 저희 쪽 문화 재단이 중심이 될 것입니다. 여기서 물러나면 끝이라는 심정으로 대응할 것입니다."

"저를 비롯한 우리 민한당이 최선을 다해 돕겠습니다. 한종태 대표께서 귀국하시면 안성훈 원내대표도 조만간 고집을 꺾을 것입니다."

"하나가 되지 못하면 15대 대선과 같은 결과를 얻을 수밖에 없습니다. 대국적인 견지에서 정 의원님께서 더욱 힘써주시길 바랍니다."

"20개가 들은 대포 통장입니다. 10개는 별도로 차에 실어놨습니다."

이대수 회장의 말이 끝나자마자 정용수 비서실장이 통장 하나를 정삼재 의원 앞으로 내밀었다.

"하하하! 신경 써주셔서 감사합니다. 회장님의 기대에 어긋나지 않게 해드리겠습니다."

정삼재는 큰 웃음을 뱉어내며 통장을 집어 품에 넣었다.

어려운 경제 때문에 정치자금을 지원받기가 무척 힘든 상황이었다.

30억 원의 거금은 함께 움직이는 계파 의원은 물론 안성훈 원내대표에 속한 의원들을 끌어들이는 데 요긴하게 쓸 수 있는 자금이었다.

한종태 대표가 돌아오기 전까지 완벽하게 민한당을 장악해야만 했다.

＊　　　　＊　　　　＊

퀄컴의 어원 제이콥스 대표가 방문했다.

퀄컴에 대한 인수 문제가 표면적으로 떠올랐기 때문이다. 퀄컴은 1985년 미국에서 벤처회사로 개업한 정보 기술(IT) 업체다. 제품 생산 공장을 짓지 않고 반도체 설계만 하는 대표적 팹리스(Fabless) 기업인 것이다.

창립 이듬해 2세대 이동통신 기술인 코드 분할 다중 접속(CDMA) 기술을 개발하고 상용 특허를 보유하게 되었다.

2세대 이동통신은 1세대와 달리 전화 통화는 물론 문자메시지를 보낼 수 있는 기술이다.

1996년 상용화가 성공했지만, 블루오션과의 계약으로 인해 퀄컴이 가져가야 할 이익이 대폭 감소했다.

한국을 비롯한 아시아에서 생산되는 CDMA 방식의 핸드폰에 적용되는 특허권 사용료가 블루오션에 넘어갔기 때문이다.

여기에 신의주특별행정국에 자리 잡은 블루오션반도체에서 생산되는 모뎀 칩에 대한 판매료도 나눠 가질 수밖에 없었다.

이러한 상황에서 퀄컴의 수입을 이끌어줄 미국은 아직

CDMA가 대세를 이루지 못했다.

퀄컴의 수입에 큰 역할을 해야 하는 기술 라이센싱(특허사용 계약)이 블루오션과 블루오션반도체로 넘어간 것이다.

"그동안 잘 지내셨습니까?"

"잘 지내고 싶지만, 뜻대로 되지 않고 있습니다. 회장님께서 퀄컴이 가져갈 이익의 대부분을 가져가셨기 때문입니다."

"하하하! 누가 들으면 진짜 줄 알겠습니다. 저희가 가져가고 있는 이익은 한국과 러시아에서 발생하는 것밖에는 없습니다."

아시아의 이루어지는 20년간의 기술 라이센싱를 블루오션이 가져왔다.

퀄컴은 블루오션과의 계약에서 충분한 검토를 통해서 모든 것을 결정했지만, 예상 밖으로 한국의 CDMA 상용화가 빨리 성공했다.

더구나 미국에서의 CDMA 기술은 아직도 비동기식(GSM) 기술과 경쟁을 벌이고 있었다.

CDMA 상용화에 따른 실질적인 기반을 다져야 할 시기에서 퀄컴이 가져가는 것이 별로 없었다.

"현재 발생하는 이익 대부분이 한국과 러시아에서 나오지 않습니까. 후! 저의 판단이 강 회장님을 따라가지 못했습니다."

제이콥스가 말한 것처럼 블루오션은 퀄컴의 지분 인수보다는 기술 라이센싱에 초점을 맞추어 계약을 성사시켰다.

여기에 과감한 투자로 통신칩 생산 공장을 신의주특별행정구로 가져온 것도 큰 성과였다.

"아닙니다. 퀄컴의 기술력이 없었다면 지금의 상황을 만들 수 없었습니다. 단지 저희가 운이 좋았을 뿐입니다."

"하하하! 회장님께는 당할 수가 없을 것 같습니다. 저를 비롯한 앤드루 비터비, 아델리아, 코프만 하비 화이트은 지분을 넘길 생각입니다. 하지만 블루오션이 제시한 12억 달러는 부족한 감이 있습니다."

제이콥스가 말한 인물들은 그와 함께 퀄컴을 창업한 멤버들이자 지분을 가장 많이 소유한 인물들이다.

퀄컴은 총 일곱 명의 인물들이 모여 창업했다.

"나머지 인물들이 소유한 지분까지 모두 인수할 수 있다면 1억 달러를 더 지급할 수 있습니다."

"하하! 저보고 중계인이 되라는 말씀입니까?"

"현재 금융 상황에서 1억 달러는 결코 적은 금액이 아닙니다. 더구나 나머지 세 사람의 지분은 5% 정도입니다."

주식시장이 폭락하고 금융시장이 연일 불안함을 보이자 현금 구하기가 쉽지 않았다.

퀄컴 또한 새로운 성장을 모색하기 위해서 투자처를 알아

봤지만, 상용화의 성공에 따른 이익을 낼 수 없는 상황에서는 모두 난색을 보였다.

결국, 블루오션에 퀄컴을 넘기기로 한 것이다.

"그러면 5천만 달러를 더해서 1억 5천만 달러로 하시지요."

'음, 이미 준비를 하고 온 것 같은데……'

"좋습니다, 요구하신 대로 1억 5천만 달러를 더 지급하는 거로 하시지요. 총 13억 5천만 달러를 지급하겠습니다."

흔쾌히 어원 제이콥스의 조건을 받아들였다.

13억 5천만 달러는 퀄컴의 모든 특허권이 포함된 금액이다.

"하하하! 감사합니다."

기쁨의 웃음을 짓는 제이콥스는 내가 내민 오른손을 힘 있게 잡았다.

마치 자신이 승리자인 것처럼.

퀄컴의 인수는 블루오션과 블루오션반도체에 날개를 달아주는 일이다. 앞으로 미국의 핸드폰 시장도 CDMA가 대세로 자리 잡기 때문이다.

여기에 기술 라이센싱으로 벌어들이는 이익률이 막대해 매년 매출액 세전 순이익률이 50%가 넘어갔다.

특허권 수익은 새롭게 개발 비용이 들어가는 것이 아니었다.

더구나 한국 기업들의 퀄컴 종속 현상은 2세대 이동통신을 넘어 3세대, 4세대까지 쭉 이어진다.

앞으로 국내와 북미 핸드폰 제조사들은 퀄컴의 모뎀 칩을 쓸 때마다 블루오션의 배를 더욱 불려줄 것이다.

더구나 향후 블루오션이 퀄컴의 인수를 통해 스마트폰의 두뇌 역할을 하는 모바일 애플리케이션프로세서(AP)인 스냅드래곤도 납품하게 되면 그 누구도 따라올 수 없는 위치에 올라설 것이다.

Chapter 5

퀄컴의 인수는 일사천리로 진행되었다.

퀄컴 인수에 따른 미국 외국인투자심의위원회(CFIUS)의 심의를 통과했기 때문이다.

CFIUS는 미국 첨단 기업의 인수·합병에 따른 미국 국가 안보에 위협이 되는지에 대한 조사를 담당한다.

한마디로 미국의 국익에 어긋나는 M&A는 절대 허용하지 않는다.

블루오션의 퀄컴 인수는 CIA 국장인 테닛와 FRB 뉴욕 연방준비은행 의장인 맥도너가 약속한 일이었다.

그에 대가는 이미 룩오일NY와 소빈뱅크가 지불했다

블루오션이 룩오일NY 산하 러시아 기업이었다면 심의를 통과하지 못했을 것이다.

더구나 퀄컴의 CDMA에 대한 기술과 파급효과를 작게 본 외국인투자심의위원회의 결정이 크게 작용한 것이다.

퀄컴의 인수에 대한 기사는 미국과 한국의 신문에 실렸다.

이에 대한 반응은 두 가지로 퀄컴을 통해 블루오션과 블루오션반도체가 큰 성장을 한다는 기사였다.

다른 기사는 주선일보와 대한경제가 중심이 된 기사로 달러 부족이 심각한 지금, 무리하게 13억 5천만 달러가 지급된 인수·합병이라는 기사였다.

퀄컴의 시장 가치는 6~8억 달러 사이로, 블루오션이 2배나 더 주고 사들였다는 내용을 부각해 퀄컴의 인수를 깎아내렸다.

주선일보는 계속해서 닉스홀딩스를 공격하는 기사를 내보내고 있었다.

*　　　　*　　　　*

탄자니아의 수도 도도마에 일단의 병력이 새벽을 틈타 잠입하기 시작했다.

도로의 검문소들에 있던 경비병들은 소리 없이 접근하는 인물들에 의해서 하나둘 정리가 되어갔다.

고양이처럼 소리 없이 조용하게 접근하는 인물들 모두 얼굴을 가린 복면을 쓰고 있었고, 움직임이 일반 병사들과는 전혀 달랐다.

도로의 검문소가 하나둘 개방되자 병력을 가득 실은 트럭들이 대통령궁과 방송국 등 주요 거점을 향해 빠르게 내달렸다.

그리고 얼마 뒤 도도마의 이곳저곳에서 격렬한 총소리와 폭음이 들려왔다.

현재 탄자니아의 벤저민 음카파 대통령은 한국을 국빈 방문 중이었다.

중부 아프리카 국가인 탄자니아에서 벌어진 쿠데타가 발생했다는 소식이 전 세계에 전해졌다.

정치적으로 안정적인 국가였던 탄자니아에서 벌어진 쿠데타는 음카파 대통령이 한국을 방문하고 있는 시기에 벌어진 일이었다.

아직까지 쿠데타를 일으킨 주체에 대한 이야기는 흘러나오지 않고 있었다.

수도인 도도마의 주요 지역에서 불길과 연기가 치솟고 있다는 CNN의 소식뿐이었다.

쿠데타 소식에 음카파 대통령은 한국 방문 일정을 서둘러 마치고 본국으로 돌아가기 위해 움직였지만, 탄자니아 제1도 시인 다르에스살람에서도 총격전이 벌어졌다는 소식에 발이 묶였다.

탄자니아의 공항은 도도마와 다르에스살람에 있었기 때문이다.

"탄자니아에서 쿠데타가 벌어졌습니다."

미국 현지 법인 닉스의 관계자들과 회의를 하는 도중에 티토브 정의 보고를 받았다.

"누가 벌인 일입니까?"

"아직 정확한 정보가 들어오지 않았습니다."

"현지에 있는 인력들의 안전은 어떻게 되었습니까?"

탄자니아에는 닉스코아와 룩오일NY Inc, 그리고 철도 건설을 위해서 닉스E&C가 진출해 있었다.

여기에 각 회사 인력과 자산을 보호하기 위해 코사크 인원들도 탄자니아에 주둔하고 있었다.

"현지와 연락이 잘 이루어지지 않고 있습니다."

"DR콩고에 있는 코사크 전투부대와 타격대에 출동 준비 태세를 갖추라고 하십시오. 현지 정보팀에도 FSB(러시아연방안전국)와 협조해 최대한의 정보를 입수하도록 지시하시고요."

"예, 지시하겠습니다."

"음카파 대통령은 현지에 있습니까?"

"한국을 방문 중이었습니다. 현지 사정이 매우 급하게 돌아가고 있어서 귀국하지 못하고 있습니다."

루슬란 비서실장의 말이었다.

"음카파 대통령에게 연락을 취할 방법을 알아보십시오."

"예, 바로 연락을 취하겠습니다."

일사불란하게 지시를 내린 후 호텔 방으로 이동했다.

＊　　　　　＊　　　　　＊

탄자니아에서 진행되고 있는 중부 아프리카 횡단철도는 가봉에서 출발해 콩고를 지나 DR콩고와 르완다, 부룬디, 이어서 탄자니아 다르에스살람 항구를 최종 종착지로 삼는 철도 공사였다.

낙후한 중부 아프리카에 활력을 넣을 수 있는 대규모 철도 공사에 145억 달러가 투자된 상황이다.

룩오일NY와 닉스홀딩스는 물론 닉스코아와 소빈뱅크도 별도의 투자를 진행했고, 철도가 지나는 해당 국가들도 적게는 3억 달러에서 많게는 10억 달러까지 투자가 이루어졌다.

5년 동안 진행되는 중부 아프리카 철도 공사에는 수많은 건설 인력들이 투입되어, 일자리 창출을 통해 각 나라의 경제에도 상당한 도움이 되고 있었다.

중부 아프리카 철도가 개통되면 남대서양과 인도양이 바로 연결되는 효과를 누릴 수 있었다.

이것은 곧 각 나라에서 생산되는 농산물과 광물을 비롯한 물자 수송이 획기적으로 단축되는 일이었다.

그러나 지금 철도 공사에 핵심적인 역할을 하는 탄자니아에서 쿠데타가 일어난 것이다.

"쿠데타의 주체가 누구야?"

DR콩고 수도인 킨샤사에 자리 잡고 있는 코사크 중부 아프리카정보 센터의 책임자인 소로킨 글렙이 탄자니아 담당자에게 물었다.

"육군의 아베이드 준장이 벌인 일입니다."

담당자인 발렌틴은 아베이드 준장의 사진과 경력이 담긴 서류철을 펼치며 말했다.

"아베이드 준장은 별다른 문제가 없었잖아? 정치적인 욕심도 드러내지 않았고."

"예, 아베이드 준장은 정치와는 선을 긋고 있는 인물입니다. 더구나 탄자니아 군부는 음카파 정부와 불협화음 없이 내부적으로도 단합이 잘된 군대였습니다. 정부의 지원도 원활했기 때문에 특별히 불만을 가질 만한 것은 없었습니다."

탄자니아는 정치적으로도 안정된 상태였고, 눈에 보일 만한 경제적인 성과를 내고 있었다.

음카파 대통령의 지도력 또한 대내외적으로 인정받고 있었다.

"쿠데타를 일으킬 만한 이유도 없고, 정치적인 욕심도 없는 상황에서 벌인 일이란 말인가?"

"탄자니아는 주변국과 달리 지금까지 안정적인 모습을 보여 왔습니다. 음카파 대통령에 대한 군부의 지지도 확실했습니다. 그렇지 않았다면 음카파 대통령이 한국을 방문하지 않았을 것입니다."

중부 아프리카에서 정치적으로 불안했던 나라는 앙골라, 우간다, DR콩고, 르완다, 부룬디였다.

"현재 상황은?"

"수도인 도도마에서는 계속 전투가 벌어지고 있는 것 같습니다. 제1 도시인 다르에스살람은 음카파 대통령을 지지하는 정부군이 통제하고 있습니다만 간헐적인 총격이 이루어지고 있습니다."

탄자니아의 옛 수도인 다르에스살람은 1백만 명이 넘어서는 도시로, 실질적인 탄자니아의 수도 역할을 하고 있었다.

국제공항을 비롯하여 신시가지에는 고층 빌딩들이 즐비하지만, 수도인 도도마에는 한두 개의 고층 빌딩이 전부였다.

"잘못하면 내전으로 발생할 수도 있겠군. 룩오일NY와 닉스홀딩스 계열사 직원들은 안전하게 대피시켰나?"

"우선은 매니오니에 대피시켰습니다. 도도마의 상황에 따라서 부룬디로 이동시킬 준비를 하고 있습니다."

매니오니는 수도인 도도마에서 270㎞ 떨어진 소도시다.

이곳은 중부 아프리카 철도 건설을 위한 닉스E&C 탄자니아 현장 사무실이 있는 곳이기도 하다.

"철수는 아직 본사에서 지시가 내려오지 않았으니까 직원들 안전에 최선을 다해야 해. 회장님의 특별 지시 상황이니까."

"예, 코사크 타격대가 지금쯤 매니오니에 도착했을 것입니다. 수송기가 도착하는 대로 전투부대도 이동할 예정입니다."

"음카파 대통령이 빨리 결정을 해야 하는데."

DR콩고 공군의 요청으로 코사크 전투부대가 이용하는 수송기가 킨샤사에 파견되었었다.

더구나 탄자니아 정부와 협의 없이 군대를 보낼 수는 없었다. 그 때문에 현재 한국에 머무는 음카파 대통령과 이 문제를 협의하고 있었다.

DR콩고에는 코사크 전투부대원 1,175여 명이 주둔하고 있었다.

*　　　　*　　　　*

한국 정부는 난감했다.

한국을 국빈 방문하던 도중에 터진 탄자니아의 쿠데타로 인해 음카파 대통령은 탄자니아로 돌아가지 못하고 있었기 때문이다.

탄자니아는 한국의 대사관저가 있는 나라이기도 하다.

아프리카에 한국 대사관이 있는 곳은 13개 나라뿐이다.

탄자니아 한국 대사관은 부룬디와 르완다 대사관을 겸하고 있었다.

탄자니아 한국 대사관은 다르에스살람에 자리 잡고 있었지만, 현지 상황을 정확하게 파악하지 못했다.

"이거 정말 난감합니다. 어떻게든 조치를 해야 하지 않겠습니까?"

외교통상부 양수용 장관은 고민스러운 표정으로 박중권 대통령비서실장에게 물었다.

"딱히 할 수 있는 일이 없습니다. 김 대통령께서도 이 문제로 고심하고 계십니다. 음카파 대통령은 롯데호텔에 머물고 있습니까?"

"아닙니다. 숙소를 닉스호텔로 옮겼습니다."

"이러다가 장기간 한국에 머물러 있을 수도 있겠는데요."

조강래 정무수석이 걱정하듯 말했다.

"문제가 빨리 해결되면 좋겠지만, 아직 정확한 탄자니아의 상황을 파악하지 못하고 있습니다."

양수용 외통장관의 말이었다.

"교민들은 안전한 상황입니까?"

"탄자니아 수도인 도도마의 소식을 알 수가 없어서 정확한 것은 시간이 지나야 알 수 있을 것 같습니다. 현실적인 수도인 다르에스살람에서는 총성이 간헐적으로 들려온다고 합니다. 이곳에 있는 교민들은 대부분 무사한 것 같습니다. 문제는 현지에 파견된 근로자들입니다."

"탄자니아에 한국 근로자들이 많습니까?"

박중권 대통령비서실장이 물었다.

"닉스홀딩스와 대우그룹에 소속된 계열사들의 직원들 상당수가 탄자니아에 파견되었다고 합니다. 구체적인 인원은 파악 중입니다."

"후! 이거 자칫 문제가 심각해질 수 있겠는데요."

박중권 비서실장이 한숨을 쉬며 말했다.

아프리카 국가의 쿠데타는 자칫하면 내전으로 치달을 수

있었다. 더구나 내부 혼란과 치안 부재를 틈타 외국인들을 인질로 삼아서 몸값을 요구하는 일도 허다했다.

세계 경찰을 자처하는 미국도 아프리카에서는 발을 빼려는 움직임을 보였다.

"빨리 수습되는 것을 기대해야 하지만 음카파 대통령이 탄자니아로 돌아가지 못하는 상황에서는 혼란이 지속될 수도 있습니다."

"이거 참! 내부적인 문제도 산더미인데, 탄자니아 문제까지 터지니."

쉽게 해결할 수 없는 골치 아픈 일 때문인지 박중권 대통령 비서실장의 미간이 깊게 파였다.

"우리가 해결할 수 없는 문제입니다. 미국과 상의를 해야 하지 않겠습니까?"

"재작년부터 미국도 중부 아프리카에서 한발 빼는 형국이 었습니다. 오히려 러시아가 탄자니아와 더욱 가까워진 모습을 보였습니다."

조강래 정무수석의 말에 양수용 외교통상부 장관이 말했다.

"그러면 러시아와도 접촉해야겠습니다."

그때 비서실 직원이 들어왔다.

"정종찬 안기부장께서 오셨습니다."

"안기부장의 말을 들어보고 결정합시다. 이 문제를 빨리 처리하지 않으면 정부의 큰 부담이 될 수 있습니다."

박중권 대통령비서실장의 말에 두 사람은 고개를 끄떡였다.

탄자니아 대통령과 현지 교민은 물론 파견 근로자의 문제까지 해결해야 할 문제가 한둘이 아니었다.

*　　　　*　　　　*

닉스호텔로 숙소를 옮긴 음카파 대통령은 탄자니아 현지와 긴밀한 대화 채널을 갖추기 위해 노력 중이었다.

입법부가 자리 잡고 있는 도도마의 소식이 제대로 전해지지 않고 있었다.

문제는 음카파 대통령을 지지하는 탄자니아 군부의 핵심인물들과도 연락이 닿지 않는다는 것이다.

현지에 머물고 있던 정부와 군부의 핵심 인물들이 괴한들에게 습격을 당했다는 정확하지 않은 정보뿐이었다.

쿠데타와 동시에 정부 인사에 대한 암살 공격이 이루어졌을 수도 있는 일이다.

만약 그것이 사실이면 군의 명령 체계가 제대로 작동하지 않을 수도 있었다.

"아직 소식이 없나?"

초조한 표정의 음카파 대통령은 호텔 방을 서성이며 말했다.

방 안에는 그의 부인과 한국 방문에 동행한 관리들이 있었다.

음카파 대통령이 걱정하는 것은 도도마에 있는 대통령의 가족들 소식이었다.

"도도마와 연결된 통신망이 파괴된 것 같습니다. 아침까지는 잠깐 연락되었지만, 오후 들어서 연락이 끊겼습니다."

탄자니아 대통령 경호실장의 말이었다.

도도마에 있는 경찰야전군과 간신히 연락이 되었다.

이들이 전해온 소식은 도도마에 들어온 쿠데타군이 주요 거점을 점령했다는 말이었다.

"놈들이 가족을 인질로 잡으면 나의 하야를 요구할 것이 분명해."

음카파 대통령은 자녀들을 무척 사랑했다.

그에게는 두 명의 아들과 한 명의 딸이 있었다.

"마음을 단단히 가지셔야 합니다. 결단코 놈들의 요구대로 움직이시면 안 됩니다."

자키아 외무장관은 대통령을 보며 강한 어조로 말했다.

호텔 방에 있는 관리들도 도도마에 가족이 적잖았다.

"표도르 강 회장은 언제쯤 도착한다고 했나?"

"저녁때는 도착한다고 했습니다."

메기 비서실장이 답했다.

"코사크의 출동 요청은 전달했나?"

"예, 모든 조건을 수용한다고 전달했습니다. 이미 코사크가 움직이고 있을 것입니다."

초조한 표정의 음카파 대통령을 안심시키려는 듯, 탄자니아 국방부 장관인 나오후아가 말했다.

"우리가 지금 믿을 수 있는 것은 코사크밖에 없어."

코사크에서 전달해 준 정보 파일이 음카파 대통령 손에 들려 있었다.

정보 파일에는 이번 쿠데타를 지원한 세력이 영국 정보부라고 적혀 있었다.

영국은 한때 탄자니아를 식민지로 삼았었다.

*   *   *

매니오니에 도착한 25명의 코사크 타격대 13팀은 닉스코아와 닉스E&C 직원들의 안전을 확보하기 위해 힘썼다.

40명에 달하는 직원들은 매니오니에 하나밖에 없는 호텔인 아루샤에 모여들었다.

한국의 장급 여관 규모의 아루샤 호텔은 닉스E&C 직원들의 숙소로도 쓰였다.

"직원들은 다 모인 것입니까?"

코사크 13팀을 이끄는 벨로프가 물었다.

"아직 3명이 도착하지 못했습니다. 공사 현장에서 건설 자재들을 정리하고 온다고 했습니다."

닉스E&C의 김재명 과장의 말이었다.

"공사 현장이 어디입니까?"

"북쪽으로 20㎞ 정도 떨어진 곳입니다."

김재명 과장은 지도를 가리키며 말했다.

"야콥! 티둡프! 공사 현장에 가서 직원들을 데려와."

김재명의 말이 끝나자마자 벨로프는 뒤를 돌아보며 부하들에게 명령했다.

현장에 도착한 코사크 타격대에게 내려온 명령은 단 하나였다.

어떤 일이 있든지 탄자니아에 있는 직원들의 안전하게 보호하라는 명령이었다.

벨로프의 명령에 코사크 타격대원들 여덟 명이 공사 현장으로 출동했다.

쿠데타군 일부가 도도마에서 북쪽으로 이동 중이라는 소식이 전해졌기 때문에 남은 인원들의 안전을 확보해야만 했다.

*　　　　*　　　　*

백여 명쯤 되어 보이는 군인들이 버스와 트럭을 타고서 이동 중이었다.

이들은 쿠데타에 동원되었지만, 명령을 어기고 부대를 이탈한 병력이었다.

아무런 이득이 없는 쿠데타보다는 매니오니 북쪽의 건설현장의 외국인들에게 금품을 탈취할 목적으로 이동 중인 것이다.

더구나 건설 현장에는 값비싼 자재와 장비들이 있다는 정보도 입수했다.

"이번에 단단히 한몫 챙겨 남아공으로 넘어가면 신나게 즐기며 살 수 있어."

자신을 따르는 부하들에게 부자가 될 수 있다는 환상을 심어주는 인물은 육군 소속 마수카 중위였다.

탄자니아 군대의 총병력은 34,200명으로 이 중 지상군은 3만 명이다.

여기에 8만 명의 예비군과 경찰야전군이 5백 명 정도 된다.

"경비가 없을까요?"

"있어봤자, 중무장한 우리를 당할 수가 없겠지."

부관인 메기 소위의 말에 마수카 중위는 자신 있는 말투로 말했다.

"한국인들이 코사크에게 경비를 받는다는 소리가 있던데요."

지프를 운전하는 마둥가 상사가 말했다.

"코사크는 DR콩고에 머물고 있지, 탄자니아와는 아무런 상관이 없어. 그렇다고 해도 코사크에 대한 소문은 다 헛소리야. 원래 DR콩고 놈들은 허풍쟁이들이라는 것을 모르나?"

DR콩고 내전과 앙골라의 침공 때 활약한 코사크에 대한 소문이 중부 아프리카 국가들에 퍼졌다.

코사크의 전투력은 미군을 능가할 뿐만 아니라 특수부대인 타격대는 일당백의 용사들이라는 말도 함께 전해졌다.

하지만 탄자니아에는 진출하지 못한 코사크였기 때문에 쿠데타군은 그 실체를 알지 못했다.

현재 코사크는 DR콩고와 르완다, 부룬디에 머물고 있었다.

"그렇긴 하지만 코사크 때문에 부룬디와 르완다에서 활동하던 용병들도 모두 떠났다고 들었습니다."

중부 아프리카에서 활동하던 용병들 대다수가 DR콩고와

르완다, 그리고 부룬디의 국경 지대를 근거지로 두면서 활발하게 활동했다.

중부 아프리카의 국가들의 내전에 참여해서 돈을 벌던 용병들은 어느 순간에는 약탈자로 변하기도 했다.

나라가 혼란스러울수록 각 나라에서 찾아온 용병들이 불법과 혼란을 더욱 부채질하며 무장 조직을 만들었다.

"코사크 몇만 명이라도 되는 줄 알아. 몇백 명의 인원들로는 이 넓은 땅덩어리를 다 커버할 수 없어. 쓸데없는 걱정 말고 운전이나 잘해."

마둥가 상사의 말에 마수카 중위는 신경질적으로 반응했다.

그의 말에 마둥가는 입을 닫았다.

　철도 부설 공사 현장에는 닉스E&C 직원과 현지 직원들이 건설 자재와 장비들을 안전하게 포장하느라 바쁘게 움직이고 있었다.

　닉스E&C 직원들이 잠시 철수하는 동한 현지 직원들이 경비를 설 예정이다

　고가의 건설 장비들이 있어서 약탈을 당하면 공사에 적지 않은 차질이 발생할 수 있었다.

　다시금 건설 장비를 들여오는 일도 만만치 않은 일이었다.

"정 대리! 그쪽은 마무리됐어?"

"예, 이것만 묶어놓으면 됩니다."

현지 직원들과 함께 건설 장비의 문과 바퀴에 쇠사슬을 걸어놓고 있었다.

"빨리 끝내고 출발하자고. 사무실에서 빨리 오라고 장난이 아니야."

"알겠습니다, 5분이면 됩니다. 마구풀리, 쇠사슬을 아래로 내려."

정상철 대리의 손이 빠르게 움직이며 현지 직원에게 말했다.

그때였다.

오른편에서 먼지가 뿌옇게 일며 전술 기동 차량(CM1) 3대가 나타났다.

미군의 험비를 업그레이드한 모델로 코사크에서 사용 중인 소형전술차량이다.

기존 험비보다 지뢰 방호 능력이 크게 늘었고, 연비도 개선했다. 여기에 탑재량과 승차감을 개선하여 내부 병력의 피로도를 감소시켰다.

CM1은 산지와 도로 사정이 열악한 곳에서도 안정적으로 운전할 수 있게끔 개발된 차량이기도 하다.

방탄 차량인 CM1은 무장으로는 중구경 기관총과 유탄 발사기가 장착되었다.

"코사크에서 나왔습니다. 안전 장소로 빨리 철수해야 합니다."

전술 차량에서 내린 인물이 양윤석 과장을 향해 소리쳤다.

"건설 장비를 안전하게 보관해야 해서 곧 출발하려고 했습니다."

"쿠데타군이 언제 출몰할지 모릅니다. 건설 장비는 전투부대가 오면 안전하게 처리할 것입니다. 매니오니로 빨리 이동해야 합니다."

적은 병력으로는 모든 것을 다 커버할 수 없었다. 가장 우선적인 것은 직원들의 안전이었다.

"알겠습니다. 2분만 기다려 주십시오."

양윤석 과장의 말이 끝날 때였다.

이번엔 남쪽에서 모래 먼지가 일며 일단의 차량들이 공사 현장으로 다가오는 것이 보였다.

"정체불명의 차량이 접근 중입니다."

전방을 주시하던 코사크 타격대원의 보고였다.

"이런! 늦었군. 본부에 연락하고 지원 가능 여부를 타진해!"

타격대를 이끄는 야콥의 표정이 심각해졌다.

"저기가 공사 현장입니다."

메기 소위가 뒷자리에 앉은 마수카 중위에게 망원경을 건네며 말했다.

"예상한 대로 경비원은 보이지 않는군."

"중위님 말처럼 다들 도망갔는지도 모르겠습니다."

운전대를 잡고 있는 마둥가 상사가 말했다.

"하하하! 목숨이 중요하잖아. 놈들도 머리가 있으니까 서둘러 달아났겠지."

쿠데타가 일어났다는 소식에 피난하는 사람들이 늘어나고 있었다.

마수카 중위가 이끄는 쿠데타군도 몇 군데 마을을 거쳐오면서 피난민을 약탈했었다.

"공사 장비를 다 버리고 간 것 같습니다."

"인질로 잡을 놈들이 있었으면 좋았을 텐데."

메기 소위의 말에 마수카 중위는 아쉬운 표정을 지었다. 외국인들을 인질로 삼아서 몸값을 요구하는 것도 큰돈이 되었다.

"매니오니에 외국인들이 많다는 소문이 있습니다."

"일단 돈 되는 것을 찾은 후에 매니오니로 갈지 정하면 되겠군. 자! 전진한다."

마수카 중위가 지프에 서서 손을 앞으로 향하자 멈춰 섰던 트럭과 버스가 굉음을 내며 앞으로 달려 나갔다.

"놈들이 우리를 알아채지 못한 것 같은데."

야콥은 쿠데타군의 모습을 망원경으로 살피며 말했다.

"여덟 명으로 가능하겠습니까?"

다가오는 쿠데타군에게 총구를 맞추고 있는 키릴이 물었다.

"최선을 다해봐야지. 다행히도 놈들에게는 중화기가 없는 것 같으니까."

―준비되었습니다.

대기 중인 대원에게 무전이 들어왔다.

"선두 차량이 멈춰 서면 공격한다.'

―타깃 조준.

"놈들을 차량에서 내리지 못하게 하는 것이 중요하다."

야콥은 무전을 통해 대원들에게 작전을 전달했다.

코사크 타격대가 타고온 전술 기동 차량에 장착된 중화기를 이용해 쿠데타군을 타격하는 것이 작전의 핵심이었다.

작전지역이 벌판이었기에 공격을 당하면 피할 곳이 없었다.

탕!

끼이익! 쿵!

짧은 총성이 들리자마자 맨 앞에서 달려오던 트럭이 왼쪽으로 급속히 꺾이며 버스와 충돌했다.

운전자가 저격당한 것이다.

그때를 기점으로 건설 장비 뒤쪽에 숨어 있던 CM1 차량 3대가 앞으로 빠르게 달려 나가며 유탄 발사기와 중구경 기관총이 불을 뿜었다.

퉁! 둥퉁퉁!

타타타다탕!

"뭐야?"

마수카 중위가 소리를 지르는 순간.

퍽!

운전대를 잡고 있던 마둥가 상사의 머리가 터져 나가며 앞으로 꼬꾸라졌다.

빠— 앙!

그리고 지프의 경적 소리가 기쁜 나쁘게 벌판에 퍼져 나갔다.

쾅! 콰쾅!

트럭과 충돌한 버스에 유탄 발사기에서 쏟아낸 유탄이 연달아 명중하자 폭발음과 함께 불이 붙었다.

"아아악!"

"으악!"

버스에서 내리지 못한 쿠데타군은 순식간에 아비규환(阿鼻叫喚)이 되었다.

뒤따라오던 트럭은 아예 방향을 바꾸어 동쪽으로 달아나기 시작했다.

병력을 내려놓지도 못한 채 순식간에 쿠데타군의 병력 절반이 전투 불능에 빠졌다.

완벽한 선공이자 기습이었다.

"늦추지 말고, 집중 공격 해!"

야콥의 말에 CM1 차량에 달린 중구경 기관총이 다시금 불을 뿜었다.

두두투투투!

퍼퍼퍽! 펑! 쿵!

뒤쪽으로 달아나던 트럭도 바퀴가 터지며 중심을 잡지 못한 채 나무에 처박혔다.

트럭에 탄 병사들은 충격에 퉁겨져 나와 바닥에 쓰러졌다.

누구 하나 제대로 된 반격을 할 수 없었다.

쿠데타군을 이끌던 마수카 중위는 공포에 질린 채 땅바닥에 고개를 처박을 뿐이었다.

＊   ＊   ＊

카로에서 출발한 An—26 수송기 4대가 곧장 탄자니아의 매니오니로 날아갔다.

이와 함께 모스크바에서 An—124 안토노프 러슬란 대형 수송기 2대가 탄자니아 제1도시인 다르에스살람으로 향했다.

An—124 안토노프는 적재 중량 150톤, 최대 이륙 중량 405톤을 자랑하는 대형 수송기로 150톤의 화물을 만재한 상태에서 3,200㎞를 비행할 수 있다

모스크바에서 출발한 수송기에는 코사크 타격대 4개 팀과 함께 장갑차와 전술 기동 차량이 실려 있었다.

탄자니아 음카파 대통령의 공식 요청으로 코사크가 출동한 것이다.

코사크의 출동 비용은 탄자니아 정부가 보증했고, 정부가 소유한 광산으로 대금을 지급하기로 했다.

"매니오니 북쪽에 있는 철도 공사 현장에서 소규모 전투가 벌어졌다고 합니다."

루슬란 비서실장의 보고였다.

"직원들은 어떻게 되었습니까?"

철도 공사 현장에서 철수하지 못한 직원들을 데리러 코사크 타격대가 출동했다는 보고를 받았었다.

"안전하다고 합니다. 타격대도 부상자 없이 쿠데타군을 격퇴했다고 했습니다."

"쿠데타군이 벌써 매니오니까지 진출을 했다는 말인가?"

탄자니아의 지도가 펼쳐진 책상을 보며 말했다.

"소규모 병력이라고 하니, 정찰병이 아닐까요?"

내 말을 들은 김만철 경호실장이 답했다.

아직 탄자니아의 전황이 어떻게 되어가고 있는지는 파악하지 못하고 있었다.

한가지 다행스러운 것은 탄자니아 제1도시이자 경제의 중심인 다르에스살람이 정부군의 통제에 있다는 점이다.

이와 함께 중국제 F—6를 주력기로 사용하는 탄자니아 공군이 중립을 지키고 있었다.

중국제 F—6 전투기는 구소련의 MiG—19을 베이스로 중국에서 제작한 기체다.

"아직 수도인 도도마의 정보가 전해지지 않아서 정확한 판단을 내릴 수가 없습니다. 더구나 어느 정도의 병력이 쿠데타에 가담했는지도 모르는 상태이니까요."

수도인 도도마는 아직 전투를 벌이고 있다는 소식만 전해졌다.

"그런데 성공 가능성이 희박한 쿠데타를 왜 일으켰을까요?"

"저도 그게 궁금합니다. 영국 정보부가 개입된 걸 보면 뭔가를 노리는 것 같은데 말입니다."

김만철 경호실장의 말처럼 쿠데타군은 수도인 도도마와 다르에스살람만을 노리는 전략을 펼쳤다.

문제는 대규모 병력 동원이 이루어지지 않은 상황에서 두 도시를 노린다는 것은 병력을 나누는 결과로 이어졌고, 다르에스살람에서는 쿠데타군이 격퇴되었다.

더구나 잘 준비된 쿠데타가 아니라는 것은 탄자니아의 공군과 해군의 움직임이 전혀 없었다는 것을 보면 알 수 있었다.

*   *   *

탄자니아의 수도 도도마에 있는 대법원 건물이 불타오르고 있었다.

도도마에 진입한 쿠데타군은 수도의 절반은 장악했지만, 대통령궁과 방송국 장악에 실패하자 주요 건물에 방화를 저지르며 약탈을 자행했다.

도도마에 있는 은행들도 약탈자로 변한 쿠데타군에 의해 보관 중인 현금과 귀금속이 약탈당하였다.

탄자니아를 외세 약탈자들의 손에서 구해내겠다는 목적으로 쿠데타를 일으켰던 아베이드 준장의 뜻과는 전혀 다른 모습이었다.

약탈과 방화로 질서가 무너진 도도마는 혼란의 도가니로 바뀌었다.

곳곳에서 피어오르는 불길과 연기로 인해 시민들은 우왕좌

왕하며 공포 속에 숨을 죽였다.

도도마를 방어하던 정부군도 지금의 상황을 지켜볼 수밖에 없었다.

쿠데타군을 물리치기에는 병력이 부족했기 때문에 정부의 주요 건물을 방어하는 데 치중했다.

"이제 슬슬 떠날 때가 되었군."

불타오르는 건물들을 바라보는 인물은 흑인이 아닌 금발의 백인이었다.

그의 옆으로는 특수부대를 연상시키는 복장과 무기를 소지한 인물들이 십여 명이 있었다.

"충분한 목적을 달성했습니다."

"아베이드 준장은 어떻게 되었나?"

"가족과 함께 하늘나라로 여행을 떠났습니다."

금발 사내의 말에 특수부대의 리더로 보이는 인물이 손가락으로 하늘을 가리키며 말했다.

"그럼, 여기에 더는 머물 필요가 없겠지. 다른 팀들에게도 다음 장소로 이동하라고 전달해."

"알겠습니다."

금발의 말에 리더는 무전병이 있는 쪽으로 향했다.

"후후! 코사크가 어떻게 나오는지 보는 것도 재미있겠어. 탄자니아는 시작에 불과하니까."

금발의 사내가 건물 아래로 걸음을 떼자 그를 호위하듯이 특수부대원들이 함께 움직였다.

도도마에서의 약탈은 밤새도록 진행되었다.

명령체계가 무너졌는지 쿠데타군은 제각각으로 행동하는 것처럼 보였다.

그중에 일부는 약탈뿐만 아니라 일반인 여자들을 강간하고 살인까지 저지르는 만행을 저질렀다.

규율이 잘 잡혔다는 평가를 받았던 탄자니아군의 평상시 모습이 아니었다.

마치 마약에 취한 사람처럼 쿠데타군은 이성을 상실한 광기의 모습을 보여주었다.

도도마의 수많은 시민들이 공포에 떨면서 뜬눈으로 밤을 지새웠다.

어둠이 지나가고 밝은 아침이 되어서야 밤새 들려오던 총소리와 비명이 조금씩 잦아들었다.

하지만 참혹한 참상이 아침이 되자 하나씩 드러나고 있었다.

─수백 명이 집단으로 학살된 현장에 나와 있습니다. 도도

마와 몇몇 마을에서 벌어진 학살은 쿠데타군과 그에 협조한 것으로 보이는 용병들에 의해서 벌어진 것으로, 학살을 자행한 용병들은 러시아 말을 사용했다고……

영국의 BBC는 마치 이러한 학살이 일어난 장소를 미리 알았던 것처럼 찾아가 방송을 진행했다.

어린아이까지 포함된 참혹한 학살 장소를 찍는 카메라 기자의 표정은 여유가 있었다.

학살 현장을 설명하는 리포터 또한 미리 준비한 멘트처럼 정확하게 자신이 해야 할 말을 전달했다.

더구나 학살 현장 주변에는 살아남은 자들을 찾아볼 수 없었는데도 목격자에게 들은 것처럼 방송을 찍고 있었다.

그리고 학살 현장에는 그들을 보호하며 지켜보는 인물들이 있었다.

*　　　　*　　　　*

러시아 An—26 수송기에서 낙하산을 타고 강하하는 130명의 코사크 전투부대는 수도인 도도마의 동쪽 지대에 도착했다.

쿠데타군의 후방을 차단하기 위한 목적이었다.

쿠데타군은 본연의 목적인 대통령궁과 정부 청사들, 그리고 방송국을 장악하는 데 실패했다.

도도마에서 벌어진 몇 번의 전투에서 성과를 얻지 못하자 쿠데타군은 약탈자로 탈바꿈하면서 시민들을 공포에 몰아놓았다.

쿠데타군의 지도부 또한 어쩐 일인지 병사들의 이러한 행위를 막지 않았다.

"아베이드 준장이 죽었다. 서둘러 음베야로 탈출한다."

쿠데타군의 참여했던 존보코 대령이 당황한 표정으로 말했다.

"어떻게 된 일입니까?"

부관인 테케타 중위가 놀란 표정으로 물었다.

"연락이 되지 않아 숙소로 가봤더니, 모두가 죽어 있었다. 뭔가 크게 잘못되었어."

"저희만 빠져나가는 것입니까?"

"다른 놈들을 챙길 시간이 없어. 돈과 금괴를 싣고 음베야로 간 후에 잠비아로 넘어간다."

"알겠습니다. 곧바로 출발할 수 있게 준비하겠습니다."

테케타는 경례를 한 후에 서둘러 방을 나갔다.

지금 지휘부로 삼고 있는 호텔에는 150명의 병력이 있었다.

"흠, 놈들에게 우리가 이용을 당한 건가?"

테케타가 나가자 존보코 대령은 표정이 더욱 심각해졌다.

존보코과 쿠데타에 동참한 것은 아베이드 준장과의 인연 때문이었다. 그는 아베이드 준장의 부관을 거쳐 지금의 자리에 올라섰었다.

"영국 놈도 이건만 있으면 날 어쩌지 못할 거야."

존보코 대령의 손에 들린 것은 녹음테이프였다.

녹음테이프에는 아베이드 준장이 쿠데타의 대가로 거래를 한 내용이 담겨 있었다.

*　　　*　　　*

타타다탕! 드드르륵!

콰쾅!

수도인 도도마의 동쪽과 북쪽에서 이른 아침부터 또다시 총소리와 폭음이 들려왔다.

도도마를 벗어나려고 했던 쿠데타군이 코사크 전투부대의 매복에 걸려들었다.

안전한 후방이라고 생각하던 곳에서 갑자기 이루어진 공격에 쿠데타군은 제대로 된 반격은커녕 살기 위해서 뿔뿔이 흩어졌다.

도도마에 있던 정부군과 경찰도 코사크 전투부대와 공조하여 반격을 가하기 시작했다.

"어서 반격해!"

존보코 대령은 부하들을 독려하며 소리쳤지만, 겁을 집어먹은 쿠데타군은 총을 쏘는 것조차 힘겨워했다.

머리를 드는 순간 어디서 날아오는지도 모르는 총알에 머리가 터져 나갔기 때문이다.

"이대로는 힘들 것 같습니다. 공격하는 놈들은 정부군이 아닙니다."

존보코 대령을 호위하는 테케타 중위의 표정은 절망적이었다.

선두에 섰던 차량이 로켓포에 맞아 박살이 나는 순간부터 무시무시한 화망에 갇혀 버렸다.

"코사크가 벌써 도착했다는 건가?"

"그것밖에는 지금 상황을 설명하기 힘듭니다. 전투력의 차이가 너무 큽니다."

"이런 제길! 다른 방법을 찾아야 해."

"우선 몸을 피하시는 것이……."

쾅!

테케타 중위의 말이 끝나기도 전에 날아온 유탄이 주변의 인물들을 쓸어갔다.

"크! 내 운이 여기까지인가?"

힘겹게 일어서는 존보코 대령은 테케타를 찾았지만, 그는 이미 이 세상 사람이 아니었다.

그의 주변에 있던 병력도 어느새 서너 명으로 줄어 있었다.

10분이 채 되기도 전에 150여 명에 달하는 병력이 순식간에 전멸하고 말았다.

살아남은 병사들도 반격할 엄두를 내지 못한 채 하나둘 총을 버리며 항복하기 시작했다.

도도마에 진입했던 2천여 명의 쿠데타군 중 절반이 도도마를 급하게 빠져나갔다.

나머지 병력은 코사크 전투부대와 탄자니아 정부군의 반격으로 인해 사살되거나 포로로 잡혔다.

서둘러 후퇴한 쿠데타군은 코사크 타격대와 탄자니아 정부군이 추격하고 있었다.

Chapter 7

"TV를 켜보십시오."

황급히 방에 들어온 루슬란 비서실장의 말에 TV를 켰다.

　

─탄자니아에서 벌어진 쿠데타의 참상이 하나둘 들어오고 있습니다. 기자가 도착한 곳은 수도인 도도마에서 얼마 떨어지지 않은 친지로 이곳에서 수백 구의 일반인 시체가 발견되었습니다. 이들은 쿠데타군을 피해 이동하던… 이러한 학살이 이곳에서만 벌어진 것이 아니라는 것입니다. 주민 학살에 대한 국제사회의 조사가 반드시 이루어져야 할 것입

니다.

BBC에서 촬영한 탄자니아 학살 현장이 특종으로 전 세계에 전해진 것이다.

기자에 전한 탄자니아의 주민 학살의 배경에는 현지에 투입된 코사크의 전투부대가 저지른 것일 수도 있다는 뉘앙스가 들어있었다.

"러시아어를 쓰는 군인들이라."

"코사크를 염두에 두고 한 말인 것 같습니다. 현지에서 러시아어를 쓰는 외국 군대는 코사크밖에 없으니까요."

내 말에 티토브 정이 답했다.

"방송을 내보낸 시간이 너무 빠른 것 같습니다. 쿠데타가 일어난 지 이틀 만에 이런 방송을 내보낼 수 있다는 것은 미리 준비된 것 같은 느낌입니다."

코사크 정보 센터장인 쿠즈민의 말이다. 탄자니아의 현지 상황을 보고 하는 중이었다.

"쿠즈민 센터장의 말이 맞습니다. TV 화면에 나오는 학살 장소를 기자들만 찾아갔다는 것이 말이 되지 않습니다. 기자의 말을 빌리면 친지는 쿠데타군의 세력권입니다. 쿠데타군이 얌전하게 취재를 하도록 내버려 둘 상황이 아닙니다."

김만철 경호실장의 말이 정확했다. 뭔가 앞뒤가 맞지 않은 보도였다.

"성공할 수 없는 쿠데타를 시도한 것부터가 의구심이 들었습니다. 어쩌면 코사크를 끌어들이기 위한 것일 수도 있습니다."

"맞아, 너무 서투른 쿠데타였어. 3천 명도 채 안 되는 병력으로 도도마와 다르에르살람 두 곳을 동시에 노렸다는 것도 전술상 맞지 않아."

쿠데타군이 동원한 병력은 탄자니아 군병력의 10% 정도였다.

더구나 수도인 도도마에서 다르에르살람까지의 거리는 433㎞이다.

두 도시가 탄자니아의 핵심 도시이기는 했지만, 점령하더라도 쿠데타군끼리 유기적인 협조 체제를 갖출 수 없는 거리였다.

"회장님의 말씀처럼 앞뒤가 맞지 않은 쿠데타입니다. 이들이 성공적으로 도도마를 장악했다고 하더라도 수도에서 그대로 고립될 수 있는 상황이었습니다."

티토브 정이 나의 말에 고개를 끄떡이며 말했다.

"흠, 우선 BBC 기자에 대해 알아보는 것이 우선인 것 같군. 현지 정보를 더욱 강화하고, 사로잡은 쿠데타군을 통해서 쿠데타의 움직임을 파악하도록 해."

쿠즈민 정보 센터장에게 지시를 내린 후 CIA의 테닛 국장에게 연락을 취했다.

이번 탄자니아 쿠데타에 CIA의 개입이 있었는지에 대한 확인이 필요했다.

코사크와 CIA는 서로에게 피해를 주는 행위를 당분간 자제하기로 협정을 맺었기 때문이다.

*   *   *

탄자니아의 수도인 도도마가 쿠데타군에게서 완전히 해방되었다는 소식이 전해지자 한국에 머물던 음카파 탄자니아 대통령이 출국했다.

일주일 동안 한국에 머문 음카파 대통령은 남산의 닉스호텔에 머물며 탄자니아 사태에 대한 정보를 코사크를 통해 제공받았다.

음카파 대통령은 한국을 떠나기 전 닉스홀딩스에서 보여준 선의와 협조에 대해 깊은 감사를 전했다.

이와 함께 닉스코아의 탄자니아 진출을 적극적으로 지원하겠다는 의사를 강하게 피력했다.

"표도르 강 회장은 대단한 사람이야. 놈들을 완전히 박살

냈어."

탄자니아로 향하는 비행기에 몸을 실은 음파카 대통령은 코사크의 활약을 전해 들었다.

"이렇게 빨리 사태가 수습될 줄은 정말 몰랐습니다."

탄자니아 대통령 비서실장인 사마타가 답했다.

"이번 기회에 코사크를 탄자니아에 머물게 해야겠어. 코사크가 없었다면 쿠데타는 성공했을 거야."

음파카 대통령은 도도마의 해방에 코사크 어떤 역할을 했는지 자세히 보고받았다.

더욱이 도망치던 쿠데타 잔당들도 무기를 버리고 항복했다는 소식을 비행기에 타기 전 들었다.

"중동의 왕실과 대통령들도 코사크에게 경호를 의뢰한다고 들었습니다. 코사크의 협조를 통해서 대통령경호실의 조직을 강화하겠습니다."

대통령경호실장의 말이었다.

"그래야겠지. 표도르 강 회장의 요구를 모두 들어주는 한이 있더라도 말이야."

음파카 대통령은 자신과 가족들의 안위를 책임져 준 표도르 강 회장에게 마음이 전적으로 기울었다.

DR콩고와 르완다가 전적으로 표도르 강 회장을 믿고 의지하는지를 이번 기회에 확실히 알게 되었다.

탄자니아의 미래를 위해서도 표도르 강이 이끄는 룩오일 NY와 닉스홀딩스의 힘이 절실히 필요했다.

*　　　　　*　　　　　*

자금 부족으로 어려움을 겪었던 나눔기술은 소빈뱅크의 투자로 정체되었던 자금 집행을 원활하게 할 수 있었다.

1998년을 하루 남긴 지금 나눔기술의 코스닥 상장은 기정사실로 여겨지고 있었다.

경제 신문들은 나눔기술을 비롯한 유망 벤처기업들이 정체된 코스닥 시장에 활력을 불어넣을 것으로 예측했다.

코스닥은 첨단 벤처기업 중심이 바탕이 된 미국의 나스닥(NASDAQ) 시장을 참고하여 만든 것으로, 증권거래소 시장과는 다른 별도의 시장이다.

중소기업과 벤처기업의 자금 조달 창구를 마련하는 한편 일반 투자자에게 새로운 투자 수단을 제공하기 위해 1996년 7월 개설됐다.

코스닥 시장은 증권거래소보다 규제가 덜한 편이며, 비교적 진입과 퇴출이 자유롭다.

더불어서 미래에 높은 수익을 거둘 수도 있었지만, 위험도 크다.

한마디로 고위험과 고수익이 공존하는 시장이라 할 수 있다.

코스닥이 생긴 지 2년이 지났지만 생각했던 것만큼의 효과가 나타나지 않았다. 하지만 서서히 IT 붐이 일면서 정체되었던 코스닥이 기지개를 켜고 있었다.

테헤란로의 스카이라는 룸살롱에 나눔기술의 핵심 인물들이 함께하고 있었다.

"하하하! 이제 힘든 건 다 지나갔습니다."

나눔기술의 재무기획이사인 박성호는 만면에 웃음을 지으며 말했다.

"하하하! 다들 고생하셨습니다. 이제야 두 다리 쫙 펴고 잘 수 있겠습니다."

나눔기술 공동대표이자 연구소장인 주성호도 기쁨 웃음을 감추지 못했다.

"주 대표님도 박 이사도 수고가 많으셨습니다. 앞으로 나눔기술은 승승장구하는 일만 남았습니다. 오늘 실컷 마시고, 그동안 고생을 모두 날려 버리시지요."

이중호 공동대표 또한 얼굴에 미소가 걸려 있었다.

목표로 삼았던 코스닥 상장은 기정사실로 되어갔다.

코스닥 활성화를 위해서도 나눔기술과 같은 첨단 벤처기업의 코스닥 상장은 꼭 이루어져야 한다는 분위기가 정부와 여론에 형성되었기 때문이다.

"그래야지요. 지금까지 돈 때문에 살얼음판을 걷는 기분이었습니다."

나눔기술 창업자인 주성호는 여유롭게 회사를 운영하지 못했다.

회사 사정이 조금 나아질 때쯤 경기 하강과 함께 외환 위기가 터졌고, 이중호와 박성호를 만나지 못했다면 회사 문을 닫을 수밖에 없었다.

소빈뱅크의 투자도 두 사람이 끌어낸 것이나 마찬가지였다.

"이제부터는 탄탄대로인 아스팔트 위를 달리시면 됩니다. 세계적인 투자은행인 소빈뱅크가 나눔기술에 투자했다는 것이 모든 걸 달라지게 했습니다. 코스닥은 물론이고 나스닥에도 상장해야지요. 하하하!"

박성호 이사의 말은 틀린 말이 아니었다.

소빈뱅크가 미국의 베어스턴스와 타이거투자관리사를 인수했다는 것이 알려지면서 국내에서도 소빈뱅크의 평가가 달라졌다.

한국보다 경제력이 떨어지는 러시아계 은행이란 평가가 완전히 사라진 것이다.

"그래, 맞아! 이제 나스닥에 진출해야지."

이중호가 박성호의 말에 호응할 때 룸의 문이 열리며 두 사람이 더 들어왔다.

똑똑!

덜컹!

"차가 막혀서 조금 늦었습니다."

"안녕하셨습니까?"

영업이사와 미국에 나가 있는 지사장이었다.

영업이사인 박노익이 미국 지사장인 권호영을 공항에서 픽업해 온 것이다.

"하하하! 잘 오셨습니다. 한자리에 모두 모였으니까 오늘은 끝까지 달리는 것입니다."

"하하하! 그러려고 태평양을 건너온 것이 아닙니까."

박성호의 말에 권호영은 호쾌하게 웃으며 말했다.

나눔기술이 어려운 상황에서도 미국 지사를 유지하고 현지 비즈니스를 포기하지 않았다.

"나눔기술의 무궁한 발전을 위해서 거국적으로 한잔하시고, 아가씨를 부르시지요. 선창은 나눔기술의 대표이신 이중호 대표님이 하시면 좋겠습니다."

공동대표인 주성호의 말에 막 도착한 두 사람도 술잔을 들었다.

나눔기술의 지분을 가장 많이 소유한 곳은 소빈뱅크였고, 그다음으로 이중호였다.

그 때문에 주성호는 사석에서도 이중호를 대표로 인정하는 듯한 발언을 했다.

"자! 나눔기술의 영원한 발전을 위하여!"

"위하여!"

이중호가 주성호의 말에 기쁘게 선창하자 방 안의 모든 사람들이 힘차게 제창했다.

룸 안에 있는 사람들 모두 나눔기술의 코스닥 상장으로 인한 대박을 꿈꾸고 있었다.

현재 나눔기술의 예상된 공모가는 23,000~30,000원 사이였다.

*　　　*　　　*

탄자니아의 음파카 대통령이 다르에르살람에 무사히 도착했다.

음파카 대통령은 도착 성명을 통해, 불법적인 쿠데타 기도는 끝이 났으며 탄자니아의 자유와 평화는 어떤 외부적인 위협에도 굳건하다는 말을 전했다.

더불어서 탄자니아의 수도인 도도마의 안전과 재건을 위해서 러시아 기업인 룩오일NY와 한국의 닉스홀딩스와 적극적으로 협조하겠다고 이야기했다.

이와 함께 쿠데타군의 격퇴에 도움을 준 코사크와도 긴밀한 협조 관계를 맺을 것이라고 발표했다.

코사크에 대한 음파카 대통령의 적극적인 지지와 관심과 달리 영국 BBC가 방송한 탄자니아의 주민 학살 사건이 유럽과 미국의 언론에서도 이야기가 흘러나오기 시작했다.

학살사건에 보도에서 마치 코사크가 연관된 것처럼 방송된 것이 문제가 된 것이다.

더구나 유럽의 몇몇 방송은 마피아 진압 장면을 설명 없이 내보내는 등 코사크의 폭력적인 모습을 부각하는 영상을 내보냈다.

"학살 현장을 취재한 앵커와 카메라 기자가 탄자니아 현지에서 실종되었다고 합니다."

"그게 무슨 말이지?"

루슬란 비서실장의 말에 의구심이 들었다.

"BBC 방송국에서도 기자들과 연락을 취하기 위해 노력하고 있다는 회신을 받았습니다."

"방송을 취재한 기자가 취재 후 현지에서 바로 실종되었다. 뭔가 냄새가 나는데요."

이야기를 듣던 김만철 비서실장의 말이었다.

"흠, 뭔가 이상하긴 합니다. BBC 기자가 취재한 학살 장소가 확인되었나?"

"방송에 나온 장소는 아니었습니다. 현지에서 찾고 있지만, 시간이 조금 걸릴 것 같습니다."

코사크 정보 센터장인 쿠즈민이 답했다.

"방송에 나온 장소가 아니라면 조작될 수도 있다는 말이 아닙니까?"

"여러 가지 상황을 두고 생각을 해봐야겠습니다."

김만철 경호실장의 말이 틀리지 않았다.

뭔가 상황에 맞지 않은 정황들이 하나둘 늘어나고 있었다.

BBC의 방송은 코사크를 노린 듯했고, 방송이 나간 이후 코사크의 확대를 경계하는 전문가들의 목소리가 하나둘 나오기 시작했다.

방송이 노린 효과가 조금씩 나타나고 있었다.

"주민 학살 장소뿐만 아니라 BBC 기자들을 찾는 것도 중요할 것 같습니다. 현지에 연락해서 BBC 기자들을 찾는 팀을 꾸리라고 해. BBC 기자들을 찾을 수 있다면 지금의 문제를 해결할 수 있을 테니까."

어느 쪽에서 진행되는 일인지는 모르지만 나를 겨냥한 직접적인 공격에서 우회적인 공격으로 패턴이 바뀐 듯한 모양새였다.

언론을 동원한 공격은 BBC뿐만 아니라 한국의 주선일보도 진행하고 있었기 때문이다.

*　　　　*　　　　*

"하하하! 이렇게 어려울 때 도움을 주시니, 정말 감사합니다, 이 회장님."

주선일보의 박정호 대표가 크게 웃으며 말했다.

대산그룹의 계열사들이 연일 주선일보 일면의 광고를 장식하고 있었다.

"하하하! 어려울 때일수록 서로 도와야 하지 않겠습니까?"

박정호의 말에 대산그룹의 이대수 회장도 큰 웃음을 토해냈다.

"하하하! 맞는 말씀입니다. 우린 남이 아니지요. 안 그렇습니까? 정 의원님."

"하하하! 당연한 말씀입니다. 대산이 다시금 원위치로 올라서는 모습이 정말 다행스러운 일이 아닐 수가 없습니다."

민한당의 정삼재 의원도 밝게 웃으며 말했다.

로스차일드사의 투자가 이루어진 이후 대산그룹은 프랑스

발레오에서 5억 달러의 투자를 더 끌어냈다.

발레오는 대산증권과 대산시스템에 투자를 진행했고, 대산 그룹은 더 이상 자금 집행에 있어 어려움을 겪지 않았다.

"한종태 대표님의 도움이 없었다면 대산의 앞날도 불투명했을 것입니다. 이 나라를 위해서 온몸을 내던지는 모습에서 더욱 존경을 할 수밖에 없었습니다."

이대수 회장은 대산그룹을 위기에서 구해준 한종태를 맹신할 수밖에 없었다.

"정말이지 대통령이 되셔야 할 분이 외국으로 나갈 수밖에 없었던 이 나라의 현실이 안타까울 뿐입니다."

박정호 대표가 이대수 회장의 말에 고개를 끄떡이며 말했다.

주선일보는 전적으로 한종태를 밀었지만, 정권 창출에 실패를 맞보았다.

그 때문인지 주선일보는 현 정부에 대해 날카로운 논지를 가지고 있었다.

"이 나라의 현실을 전혀 모르는 인간들의 오만 때문에 그렇습니다. 북한과 조금 왕래를 한다고 통일이 곧 될 것처럼 떠드는 인간들부터 깡그리 정리해야만 대한민국이 본연의 모습으로 돌아옵니다. 이 나라가 해방 후부터 지금까지 어떻게 흘러왔습니까? 앞에 계신 두 분처럼 애국하시고, 헌신하신 분들 때문에 그나마 온존하게 이끌어 온 것이 아니니까? 이런 것들을 다 망각하고서 빨갱이와 붙어먹으려는 것 자체가 문제입니다."

정삼재 의원은 목소리를 높여서 말했다.

"옳으신 말씀입니다. 지금 이 나라가 흔들리는 상황에서 북한에 다 퍼주고 있는 닉스홀딩스를 보면 기가 막힐 노릇입니다. 저희가 정신 좀 차리라고 몇 번을 이야기했는데도 앞뒤 분간을 그렇게 못하는지 모르겠습니다."

주선일보 대표인 박정호가 정삼재 의원의 말에 닉스홀딩스의 이야기를 꺼내 들었다.

"흠! 강 회장이 경영 능력은 탁월한데, 젊어서 그런지 정치적인 식견이 부족합니다."

이대수 회장이 고개를 끄떡이며 박정호의 이야기에 동조하듯 말했다.

"이익에만 집착해서 그렇습니다. 현 정부도 그런 이기적인 기업가를 두둔하고 나서는 것 자체가 큰 문제입니다. 눈앞의 어려움과 이익 때문에 백년대계를 망치는 일입니다. 하루라도 빨리 신의주특별행정구에서 철수해서 공장을 국내로 옮겨 와야지요. 그래야 일자리가 늘어나지 않겠습니까? 지금 북한을 걱정할 때가 아닙니다."

정삼재는 강도 높게 닉스홀딩스와 정부를 비판했다.

"우리 쪽에서 조사를 좀 해보니까, 닉스홀딩스가 북한도 그렇지만 러시아에도 상당한 투자를 한 것 같습니다. 자기 나라 국민은 모른 체하고서 현재의 이윤만 따지며 장사를 하는 모습이 개탄스러울 뿐입니다."

박정호 대표 또한 닉스홀딩스에 대해 반감을 품고 있었다.

그나마 광고를 실었던 닉스홀딩스 계열사들이 주선일보의 비판 기사 이후 일제히 등을 돌렸기 때문이다.

대산그룹의 광고가 아니었다면 주선일보도 광고 수입이 크게 급감할 처지에 있었다.

IMF 관리 체제 아래에서 대기업들의 광고들이 급감했기 때문이다.

"닉스홀딩스가 이번 정권 창출에 크게 이바지했다는 말이 있습니다. 이대로 두면 절대 안 됩니다."

"신경이 쓰이는 부분입니다. 한종태 대표께서 다시금 기회를 잡기 위해서는 닉스홀딩스가 다시금 그런 행동을 하게 하면 안 됩니다."

정삼재 의원의 말에 이대수 회장님 동조하듯 말했다.

"저희 쪽에서 계속 시그널을 주겠습니다. 그래도 안 되면 아예 기업 활동을 할 수 없도록 해야겠지요."

두 사람의 말에 박정호 대표가 결심한 듯 말했다.

이 나라 권력의 근간과 뿌리가 된 미르재단을 다시금 일으키기 위해서는 반대되는 세력을 어떻게든 짓눌러야만 했다.

그래야만 자신들의 권력을 자손만대까지 누릴 수 있기 때문이다.

Chapter 8

"헉헉! 놈들은 살인귀들이야."

탄자니아의 뇨로로에 있는 구릉지대를 힘들게 뛰어가는 사내의 표정은 무척이나 겁에 질려 있었다.

거친 숨을 내뱉는 사내는 영국 BBC에서 찾고 있는 인물 중의 하나로 음향을 담당하던 올리버였다.

올리버는 다섯 명이 한 팀이 되어 움직였던 BBC 특별취재팀의 일원이었다.

탄자니아에 입국한 이후 정해진 취재를 끝나는 날 예상치 못한 쿠데타가 발생했다.

눈앞에서 일어난 군부 쿠데타는 BBC취재팀을 고민에 빠뜨렸다.

쉽게 만날 수 없는 특종을 터뜨릴 기회였기 때문이다.

짧은 논쟁 끝에 취재를 결심한 BBC취재팀이 위험을 무릅쓰고 쿠데타 현장을 담기 위해 호텔을 나서려고 할 때 한 사내를 만났다.

특종을 알려주겠다며 접근한 남자는 BBC취재팀을 학살 현장으로 안내해 주었다.

사내를 따라 도착한 현장은 한 마을 전체가 학살된 것처럼, 넓게 파진 구덩이에 수백 명의 사람들이 엉킨 채로 누워 있었다.

구덩이 속에는 남녀는 물론이고 어린아이까지 포함되었다.

학살 현장에는 군인으로 보이는 인물들이 있었고, 그들 모두 백인이었다.

군인들 모두 BBC취재팀의 안전을 책임질 인물들이라고 학살 현장을 안내한 사내가 말했다.

이러한 현장은 이곳뿐만이 아니라고 했고, 학살을 주도한 인물들은 코사크라는 용병 집단이라고 말해주었다.

사내의 말처럼 코사크가 저지른 일이라는 것을 입증할 방법은 없었지만, BBC취재팀은 특종을 놓치기 싫었다.

그러나 사내가 이야기한 것을 모두 사실로 수용할 수 없었던 취재팀은 러시아 말을 하는 인물들이 학살을 저지른 것 같다는 말로 뭉뚱그려 촬영을 진행했다.

"헉헉! 놈들이 저지른 학살이었어……."

거친 숨을 몰아쉬는 올리버는 총에 맞은 왼팔을 살피기 위해 바위 뒤편에 잠시 몸을 숨겼다.

다행히도 셔츠로 꽉 묶은 팔에서는 더 이상 피가 흘러나오지 않았다.

"헉헉! 반드시 이 사실을 알려야 해……."

올리버는 똑똑히 보았다.

마지막 학살 현장의 취재가 끝날 때 자신들을 향해 총을 쏘던 인물들을 말이다.

옆에 서 있던 카메라 보조 기사인 해리가 자신 쪽으로 쓰러지지 않았다면 날아온 총알이 자신의 심장을 관통했을 것이다.

해리와 함께 쓰러지면서 구덩이 속으로 빠지는 순간 총소리가 그쳤다.

해리의 피가 얼굴로 쏟아진 덕분에 총을 쏜 자들은 올리버가 확실히 죽은 것으로 판단했다.

다섯 명의 취재진 모두가 총에 맞아 쓰러졌고, 그러한 모습을 찍는 카메라맨이 따로 있었다.

죽은 척했던 올리버는 늦은 밤이 되어서야 수백 구의 시체가 있는 구덩이에서 기어 나올 수 있었다.

                    *   *   *

대망의 1999년이 시작되었다.

사람들은 2000년대를 1년 남겨둔 시점에서 새로운 도약을 위한 소망을 기원했다.

그러나 1997년 12월에 IMF 관리 체제를 받아들인 후 1년이 지났지만, 서민들의 어려움과 기업의 사정은 그다지 나아 보이지 않았다.

1년이 지나는 동안 생긴 가장 큰 변화는 대기업들과 은행들의 변화였다.

외부 투자를 유치하지 못한 기업들과 구조 조정에 실패한 기업들이 하나둘 사라졌기 때문이다.

국제결제은행(BIS) 기준 자본 비율을 맞추지 못하거나 정부가 제시한 조건에 부합하지 못한 은행들은 합병되거나 시장에서 퇴출되었다.

1월 1일부로 하나은행과 보람은행의 합병을 시작으로 소빈뱅크도 한일은행과 상업은행을 합병했다.

이미 서울은행과 외환은행을 사들인 소빈뱅크는 명실상부대한민국 최고의 은행으로 자리 잡았다.

네 개의 국내 은행을 바탕으로 한 소빈뱅크는 소빈서울뱅크로 이름을 바꾸었다.

한국 내 소빈뱅크의 은행명을 바꾸는 것은 한국에 더욱 친숙한 이미지를 주기 위한 결정이다.

"한일은행과 상업은행의 전산망 통합 작업은 1월 내로 모두 끝마칠 수 있을 것 같습니다."

통합 작업을 진두지휘하고 있는 그레고리의 보고였다.

"빨리 끝나는 것도 중요하지만, 문제가 발생하지 않도록 하는 것이 더 중요해. 구조 조정에 대한 반발은 없었나?"

4개의 국내 은행을 인수하는 것은 쉬운 일이 아니었다.

이 은행들을 다시금 정상화하고 경쟁력을 갖추려면 시간이 적지 않게 들어갈 것이기 때문이다.

그동안 국제경쟁력이 현저하게 떨어졌던 국내 은행들은 달러나 엔화 외채를 빌려 손쉬운 돈놀이를 해왔다.

여기에 정치권과 연계된 불법 대출과 특혜 대출을 통해서 부실을 키워왔고 결국 외환 위기로 모래성처럼 무너져 버렸다.

"반발은 생각했던 것보다 적었습니다. 인수 절차 때부터 인력에 대한 구조 조정을 받아들이는 분위기였습니다."

경쟁력을 갖추기 위해서는 비대해지고 중복된 업무 영역을 과감하게 도려내야만 했다.

소빈뱅크는 정부 부처와 협조하여 은행을 떠나는 사람들에 대한 직업 교육과 지원 방안을 논의했다.

모든 비용을 소빈뱅크가 부담할 수는 없었지만, 최소한의 생활을 할 수 있는 실업수당 형식의 자금을 지원해 주었다.

국내의 다른 은행이나 기업들이 엄두를 내지 못하는 일을 소빈뱅크는 할 수 있었다.

"국내 은행들과의 경쟁은 의미가 없어. 소빈서울뱅크는 일본과 홍콩, 그리고 중국과의 싸움에서 이겨낼 수 있도록 달라져야 해."

"미국과 영국의 교육팀이 내일 한국에 들어옵니다. 새로운 금융 시스템에 맞춘 교육을 철저하게 진행할 예정입니다. 교육을 따라오지 못한 직원들은 지금의 자리를 지킬 수 없을 것입니다."

소빈뱅크에서 제일 많은 투자를 진행하는 것은 교육이고 그다음은 전산 시스템이었다.

최고의 자산은 사람이었기에 교육에 아낌없이 투자했다.

"학교 설립은 어떻게 진행되고 있지?"

전문적인 금융인을 길러내기 위해서 한국과 러시아에 전문 대학교와 대학원을 설립하려고 준비 중이다.

이곳에서 회계, 재무, 금융, 통계에 관한 교육을 전문적으로 가르칠 예정이다.

모든 교과목은 영어로 교육되며 학비 또한 무료다. 하지만 정해진 시험을 통과하지 못하면 졸업할 수 없는 시스템이다.

주어진 3번의 시험에 모두 실패하면 졸업장을 받지 못한 채 그대로 학교를 떠나야만 한다.

선발된 150~200명 정도의 인원은 전원 기숙사 생활을 진행하며 소빈뱅크의 실무진과 세계 최고의 석학들을 초빙해 가르칠 예정이다.

성적이 뛰어난 인재들은 전문 대학원에 들어갈 수 있으며 소빈뱅크에도 특별 채용 된다.

대학교 설립은 뛰어난 인재를 조기에 발굴하고 금융을 더욱 강화하기 위한 포석이었다.

"러시아는 올해 학생을 선발하여 교육에 들어갈 예정입니다. 행정 절차 때문인지 한국은 아직 허가가 나오지 않았습니다. 학교 부지는 확보해 두었습니다."

"흠, 모든 것은 시간 싸움인데."

"한국 측 관계자들은 저희가 진행하려는 금융 학교에 대한 이해가 조금 부족한 것 같습니다."

루슬란 비서실장의 말처럼 교육부 관계자들은 소빈뱅크가 추진하는 전문 금융 대학교의 필요성에 대해 회의적이었다.

기술을 가르치는 전문 기술대학에는 관심을 표명했지만, 금융학만을 전문적으로 가르친다는 것에 대해서는 이해를 하지 못했다.

정부의 경제부처 관계자들이 세계 경제 정세에 뒤처지는 것처럼 교육부 또한 세계적인 흐름에 대해 무지했다.

"관계자들을 다시 만나보고 안 되면 김기호 경제수석에게 도움을 요청해. 금융 대학은 소빈뱅크에만 이익이 되는 것이 아니라는 것을 말이야."

소빈뱅크가 웨스트와 이스트의 금융 세력과 싸우기 위해서는 뛰어난 인재들이 계속 공급되어야만 했다.

금융 선진국인 미국과 유럽의 교육기관에서 배출되는 인재들은 전적으로 소빈뱅크에 충성하지 못했다.

확실한 목표와 싸움의 대상을 알고 있는 자들만이 길고도 지루한 싸움을 헤쳐 나갈 수 있었다.

자신의 영달과 부를 좇는 자들은 웨스트와 이스트와의 싸움에서 살아남을 수 없기 때문이다.

"알겠습니다. 저희 쪽의 도움을 확실히 받았으니, 해결책을 내어놓을 것입니다."

소빈서울뱅크 그레고리 은행장은 자신감 있는 말로 답했다.

이제 그의 위치는 한국에서 누구도 무시할 수 있는 초대형 슈퍼뱅크의 은행장이기 때문이다.

*　　　　*　　　　*

1999년 1월이 시작되면서 일본의 엔화가 심상치 않은 움직임을 보였다.

1998년 12월 달러당 120엔대를 유지하던 엔화가 110대로 급격히 상승한 것이다.

미국의 주식시장의 불안과 금융시장이 예상보다 침체기가 길어지자 달러에 대한 불신감이 커졌고, 안전 자산 중에 하나로 취급되는 엔화의 수요가 많아졌기 때문이다.

더욱이 미국이 대일 무역 적자 축소를 위해서 일본에 대해 엔화 강세를 촉구할 것이라는 이야기와 함께, 추가 금리 인하 조치가 임박했다는 소문이 시장에 퍼졌다.

이와 함께 퀀텀펀드와 타이거펀드투자사의 인수가 이루어졌지만, 롱텀캐피털매니지먼트(LTCM)의 인수 결정이 늦어지면서 도산설이 시장에 퍼지자 엔화 매입과 달러화 매각을 부추겼다.

여기에 특별한 이슈를 찾지 못한 투기성 자금이 엔화의 매입 움직임에 동참하면서 엔화 강세가 가팔라졌다.

하지만 이 모든 것이 하나의 시나리오라는 사실을 아는 것은 뉴욕 연준의 윌리엄 맥도너 총재와 소빈뱅크, 그리고 퀀텀펀드를 인수에 참여한 JP모건뿐이었다.

미국 헤지펀드의 손실을 만회하기 위한 일본 침략의 서막이 올라갈 준비를 하나둘 갖추고 있었다.

"디데이가 내일입니다."

소빈뱅크 은행장인 이고르의 보고였다.

앨런 그린스펀 미국 연방준비제도이사회의장의 발언으로 인해 미국 금리 인하가 기정사실처럼 받아들여졌다.

그러자 홍콩 역외시장부터 엔화의 움직임이 달라지기 시작했다.

"흠, 맥도너는 일본에 가 있나?"

"예, 일본의 미와자와 기이치 대장상을 만나기 위해서입니다. 일본의 엔화 강세에 대한 이야기를 나눌 목적이지만 외환시장에 신호를 주기 위해서입니다."

일본의 미와자와 대장상은 올해 초부터 시작된 엔화의 고공 행진에 대해 우려를 나타내며 일본 금융 당국의 시장 개입을 시사하고 나섰다.

미와자와 대장상은 엔화 강세가 일본 경제의 호전을 보여주는 증거라고 이야기를 하면서도, 기업의 수출 채산성을 악화시킬 수 있는 급격한 엔고에 대해서는 대응책을 마련하겠다는 의사를 여러 번 언론에 밝혔다.

"맥도너의 입이 신호탄이 되겠군."

"예, 밑그림은 이미 준비된 상황입니다. JP모건의 주도로 퀀

턴펀드에서 3백억 달러의 달러화를 매각할 것입니다."

"우리는 얼마나 준비했지?"

"저희도 350억 달러를 준비했습니다. 상황에 따라서 1백억 달러는 추가로 투입할 예정입니다. 단기간에 7백억 달러가 풀리면 일본 은행은 막아낼 수 없을 것입니다."

국제금융센터의 소로킨이 대답했다.

"유럽의 개입은 없을까?"

"미국의 금융 불안을 원치 않는 상황입니다. 이탈리아와 포르투갈의 은행들이 위험한 상황이라 엔고를 은연중에 바라는 눈치입니다."

"지금보다 엔화는 충분히 더 상승할 수 있는 상황입니다. 110엔대가 깨지면 유럽연합 중앙은행이 시장 개입을 하겠다는 의사를 피력하고는 있지만, 립 서비스로 그칠 것이 확실합니다. 미국 연준이 동참하지 않는 한 유럽은 쉽게 움직이지 못할 것입니다."

소로킨 국제금융센터장은 확신에 찬 목소리로 말했다.

"어제의 적이 오늘의 동지로 또 바뀌었군. 상황을 더 확실하게 만드는 것이 좋겠지. 내 계좌에서 1백억 달러를 더 사용하도록 해."

"알겠습니다. 이번 환율 전쟁이 끝나면 일본 금융권은 몇 년간 회복하기 힘든 타격을 입을 것입니다."

일본은 지금 한국처럼 시중 은행 간 합병을 앞두고 있었다.

합병된 대형 은행을 앞세워 국제경쟁력을 갖춘 세계적인 투자은행으로 키우는 한편, 장기간의 불황을 벗어나기 위한 대규모 내수 부양책을 마련 중이었다.

*　　　*　　　*

도쿄 외환시장이 열리는 오전 9시 각 증권사와 은행 등 금융기관의 외환 트레이더들은 평상시와 다름없는 아침을 맞이하고 있었다.

전날 미국 외환시장에서 엔화의 움직임은 달러당 109엔대로 강세로 들어서는 모습을 보였지만 예측했던 모양새였다.

요 며칠간 달러당 110엔대를 기점으로 움직였다.

외환 전문가들은 달러당 110엔대를 유지할 것으로 예측했다.

"109.50엔!"

"109.30엔!"

장이 시작되자마자 엔화는 조금씩 상승했다.

"요새 아줌마들도 투자한다며?"

히로토는 환율의 변동을 실시간으로 나타나는 그래프를

바라보며 말했다.

"후후! 마땅히 투자할 만할 것이 없잖아. 주식도 그렇고 부동산도 엉망이니까."

동료인 테츠야가 웃으면서 말했다.

한국과 달리 일본은 개인 외환 거래가 가능했다.

일본에서는 1998년 FX(Foreign eXchange) 마진 거래가 도입된 이래 주부들이 시장에 뛰어들었다.

주식처럼 24시간 열려 있는 세계 외환시장에서 주로 달러와 엔화를 사고팔았다.

달러의 시세를 예측해 달러가 강해질 것으로 보이면 달러를 사고 엔화를 팔았다. 그 반대의 경우면 달러를 팔고 엔화를 사는 거래를 통해 시세 차익을 얻었다.

일본의 장기 불황으로 주식과 펀드에서 재미를 보지 못하고 거품경제가 꺼지면서 부동산 시장마저 폭락하자 새로운 투자처가 필요했다.

여기에 낮은 은행 금리도 한몫했다.

"하긴, 이쪽은 한 방이 있으니까."

외환 거래는 증거금의 최대 100배까지 자금을 거래할 수 있었다.

최소 거래 단위가 10만으로, 10만 엔의 증거금으로 1천만 엔의 규모까지 외환 거래가 가능했다.

"오늘은 이대로 흘러가겠지."

"110엔대를 유지하겠다고 미와자와 대장상이 말했잖아. 특별한 이슈도 없는데… 어!"

"뭐냐?"

두 사람의 표정이 심각하게 바뀌며 키보드를 두드리는 소리가 다급해졌다.

순식간에 달러당 107엔으로 가파르게 상승했기 때문이다.

                    *   *   *

"퀀텀펀드에서 10억 달러를 매각하고 엔화를 사들였습니다."

"106.78엔!"

"홍콩에서 5억 달러를 매각했습니다."

"106.35엔!"

"우리도 3억 달러를 풀어!"

소로킨 금융센터장의 말에 끝나자마자 일본과 한국에서 엔화를 사들였다.

"105.88엔!"

"106.12엔!""

"일본 은행이 개입했습니다."

"105.88엔!"

"퀀텀펀드에서 4억 달러 매각."

"105.21엔!"

"105.75엔!"

"일본 은행 5억 달러 매입!"

"105.25엔!"

"일본금융센터에서 3억 달러 매각!"

"소빈타이거에서 2억 달러 매각!"

"105.09엔!"

"좋아! 이대로 잔펀치를 주고받으면서 12시까지 진행한다."

"105.33엔!"

오전 9시 30분부터 엔화의 급격한 변동이 시작되었다.

도쿄 외환시장과 홍콩 외환시장에서 달러를 팔고 엔화를 매입하는 거래가 급속히 늘어난 것이다.

거래 대금도 시간이 지날수록 늘어나자 각국의 외환 트레이더들도 바빠지기 시작했다.

Chapter 9

　"미국의 입장은 충분히 이해하겠습니다. 하지만 저희의 사정도 여의치가 않습니다. 지금의 경제 상황에서 엔화를 100엔대로 가져갔다면 기업들의 수출 경쟁력뿐만 아니라 주식과 채권에도 악영향을 줄 수 있습니다."

　미와자와 대장상은 뉴욕 연준의 윌리엄 맥도너 총재의 요구에 난감한 표정으로 말했다.

　"그것은 일본의 입장입니다. 일본이 미국에서 수출로 가져가는 달러가 얼마나 되는지 아십니까? 작년 일본의 대미 무역 흑자가 638억 달러입니다. 이로 인해서 얼마나 많은 미국 회사들이 파산했는지도 아셔야 합니다."

일본은 1998년 무역 흑자가 1,218억 달러로 전년보다 40.1%가 늘어났다.

대미 흑자는 33.5%가 증가한 것으로 엔화 약세를 배경으로 자동차와 기계류, 유조선 등 조선업의 수출이 크게 늘었다.

"흠, 작년보다 엔화가 상승했으니, 대미 수출은 줄어들 것입니다. 하지만 급격한 엔화 상승은 일본 경제에 적잖은 충격을 주는 것입니다. 일본이 흔들리면 아시아의 경제가 다시금 충격을 받을 수도 있습니다."

맥도너 총재가 구체적인 자료를 가지며 이야기하자 미와자와 대장상은 이마에서 흐르는 땀을 닦으며 말했다.

수출이 늘어난 것은 사실이지만 일본 또한 아시아 경제 위기로 크게 충격을 받았다.

더구나 러시아의 모라토리엄으로 인해서 일본 내 은행들의 피해가 심각했고, 이로 인해 부실 은행들을 정리 합병 하는 계획을 서두르고 있었다.

"일본의 어려움을 내세운다고 해서 미국 경제가 살아나는 것이 아닙니다. 일본이 협조할 수 없다면 우리가 독자적으로 진행할 것입니다."

맥도너는 물러서지 않고 미와자와 대장상을 몰아붙였다.

"후! 그러면 6월까지 점진적으로 환율을 변동시키는 것은 어떻습니까?"

반년이라는 시간을 통해서 엔화 강세의 피해를 완화하길 원했다. 그 시간 동안 기업들이 준비할 수 있게 말이다.

"반년은 너무 긴 시간입니다. 지금 이 시간에도 미국은 막대한 적자를 일본으로부터 받고 있습니다."

"당장 엔화를 올리기에는 어려운 면이 있습니다. 인위적인 시장 개입은 역효과를 주지 않습니까?"

"흠, 시간상의 문제는 이해하겠습니다. 이와 관련된 것은 다시금 이야기합시다."

맥도너가 미와자와의 말에 수긍하는 듯한 대답을 하자 그의 얼굴에 미소가 서렸다.

맥도너 총재는 아시아의 경제와 관련해서 20분 정도 더 이야기를 나눈 후 미와자와 대장상과 헤어졌다.

대장성에서 호텔로 돌아온 맥도너 뉴욕연준 총재는 기자들의 질문에 환율에 관한 이야기를 꺼냈다.

"일본은 달러당 100엔을 수용했고, 그 아래로도 충분히 검토할 수 있다는 여지를 보였습니다."

맥도너 뉴욕연준 총재의 말은 기사화되었고. 곧바로 외환시장에 전해졌다.

*   *   *

〈일본 정부! 엔고 수용!〉

맥도너 뉴욕연준 총재의 발언은 즉각적으로 블룸버그 통신을 통해서 세계 각지로 전해졌다.

전달된 정보는 달러당 100엔 이하까지 일본 정부가 수용할 수 있다는 말이었다.

이러한 맥도너 뉴욕연준 총재의 발언은 제2의 플라자 합의라고 기사를 붙인 언론도 있었다.

달러당 105~106엔 사이를 오가던 일본 외환시장에 핵포탄이 투하된 것 같은 소식이었다.

"104.20엔!"

"후후! 이제부터 롤러코스터가 시작될 거야. 7억 달러를 매각해."

소로킨의 의미심장한 말이 끝나기가 무섭게 달러당 엔화의 그래프가 급격히 치솟았다.

"103.79엔!"

"103.11엔!"

"퀀텀펀드에서 6억 달러를 매각했습니다."

"102.42엔!"

"102.59엔!"

"일본 은행에서 다시 개입하기 시작했습니다."

오전장에 일본은행은 18억 달러를 쏟아부으며 엔화 방어에 나섰다.

105~106엔의 행보는 일본은행과 일본 내 은행권이 엔화를 팔고 달러를 사들이며 방어선을 구축했었다.

하지만 일본 내 은행과 증권사들이 하나둘 방어 전선에서 이탈하고 있었다.

"102.17엔!"

"홍콩에서 달러를 팔기 시작했습니다."

"5억 달러를 매각해!"

"한국센터에서 5억 달러를 매각했습니다."

"101.88엔!"

"101.43엔!"

"101.01엔!"

롤러코스터가 맞았다.

팽팽하게 줄다리기하던 엔화가 상승한 지 5분도 되지 않아 100엔대를 위협하고 있었다.

*　　　*　　　*

쾅!

"도대체 무슨 짓을 한 거야?"

일본 총리인 오부치가 무척 화가 난 표정으로 책상을 내리치며 말했다. 도쿄 외환시장에서 엔화가 무섭게 상승하고 있다는 소식을 전해 들었다.

"맥도너의 일방적인 발언이라고 합니다. 엔고를 요구했지만 미와자와 대장상이 단호하게 거절했다고 합니다."

총리 비서인 고노가 불안한 표정으로 말했다.

"그런데 어떻게 그런 말이 기사화되었냐고? 100엔대가 무너지면 기업들의 손해가 얼마나 되는지 알고 있는 거야?"

은행 간 합병과 경기 부양을 성공적으로 이끌어 재선을 노리고 있던 오부치 총리에게는 엔화 강세는 찬물을 끼얹는 일이었다.

"미와자와 대장상이 맥도너 총재를 만나기 위해 호텔로 향했다고 합니다. 잘못된 발언이라는 것을 언론에 공표하면 해프닝으로 끝날 수도 있습니다."

"해프닝을 위해서 달러를 얼마나 태우고 있는 거야? 벌써 40억 달러가 사라졌잖아."

일본은행에서 환율 방어를 위해 40억 달러의 외화 보유액을 사용했다.

문제는 시간이 갈수록 그 금액이 늘어나고 있다는 것이다.

*   *   *

맥도너 뉴욕연준 총재는 일정을 바꾸어 도쿄 인근에 있는 골프장을 방문했다.

세 명의 수행원만 대동한 채 골프를 치고 있는 맥도너의 표정은 느긋했다.

"얼마나 올랐나?"

"달러당 98엔까지 치솟았습니다. 장이 끝날 때쯤에는 95엔도 가능할 것 같습니다."

비서인 로건이 맥도너에게 골프채를 건네주며 말했다.

"95엔이 뚫리면 100억 달러 이상을 쏟아부어야겠지."

"예, 100억 달러는 최소 비용이 될 것입니다. 일본 내 은행들과 개인 투자자들도 상당한 비용을 지불할 것입니다."

"하하하! 하루 동안의 수입치고는 나쁘지 않겠군."

맥도너는 크게 웃으며 1번 아이언을 집어 들었다.

미와자와 대장상은 맥도너 뉴욕연준 총재를 급히 만나기 위해 도쿄 닉스호텔을 찾았지만 그를 만날 수 없었다.

일정대로 움직이지 않은 맥도너의 행방을 찾을 수 없었기 때문이었다.

미와자와 대장상은 외환 상황을 파악하기 위해 서둘러 일본은행으로 향했다.

* * *

"95.28엔!"

"95.41엔!"

일진일퇴(一進一退)였다.

먹잇감을 발견한 헤지펀드와 투기성 자금들이 일본 외환시장을 무차별적으로 두드리고 있었다.

막대한 외환 보유고를 자랑하는 일본이었지만 가속도가 붙은 엔화는 거침없이 상승했다.

"95.21엔!"

"95.11엔!"

"95.02엔!"

"4억 달러 매각해!"

"94.88엔!"

"드디어 깨졌군."

30분간의 치열한 공방전이었다.

"94.55엔!"

"뉴욕에서 10억 달러를 매각했습니다.

"94.07엔!

"93.58엔!"

95엔이 깨지는 기점으로 일본 은행의 개입에도 불구하고 엔화의 상승은 가속도가 더욱 붙었다.

일본 외환시장이 끝나는 시간에는 90엔이 깨졌다.

일본 은행은 달러를 사들이고 막대한 엔화를 시장에 풀었지만, 장 막판에 100억 달러 이상의 뭉칫돈이 들어와 엔화를 사들였다.

여기에 아시아 정부계 금융기관과 중동의 국부 펀드에서도 달러를 팔고 엔화를 대거 사들이자 87엔까지 떨어졌다.

일본의 도쿄가 또다시 환율에 의한 대공습을 당한 것이다.

일본 은행은 앞으로 외환시장 안정을 위해서 오늘 태워 버린 달러보다 더 많은 달러를 추가로 사들여야만 한다.

더구나 일본 기업들 중 상당수가 환율 변동 리스크를 회피하기 위해 소빈뱅크가 새롭게 시장에 내어놓은 통화 옵션 계약인 소코에 가입했다.

수출 기업들이 갖는 리스크는 환율의 변동이다.

환율에 대한 대응을 잘못하면 고생해서 돈을 벌고는 정작 환손실로 인해 이익이 줄어들게 된다.

조지 소로스가 만든 녹아웃 옵션에서 상당한 피해를 당한 일본 기업들에게 새로운 보완책이 담긴 소코는 안전해 보였다.

소코는 녹아웃(Knock—out) 풋 옵션(Put option)과 은행의 기업에 대한 녹인(Knock—in) 콜 옵션(Call option)을 일정한 비율로 결합한 통화 옵션이다.

계약 기간을 1~3년 정도로 하고, 주로 1개월 단위로 만기가 도래하도록 정한 여러 개의 옵션 묶음으로 구성돼 있다.

환율이 평상시처럼 가입 구간의 하한과 상한 사이에서 변동한다면 기업에 유리한 상품이지만, 환율의 변동 폭이 정해진 구간을 벗어나면 손실이 클 수밖에 없는 금융 상품이다.

환 리스크를 피하기(Hedge) 위한 상품인 소코는 사실 일본을 겨냥해서 만든 상품이었다.

환율이 일정 범위에서 변동할 경우, 미리 약정한 환율에 약정금액을 팔 수 있지만, 그 범위를 벗어나면 환율 변동 위험에 크게 노출되는 구조를 가지도록 만들어졌기 때문에 환율이 오를수록 기업의 손실은 눈덩이처럼 늘어난다.

지금 엔화의 급격한 상승으로 인해 소코에 가입한 일본 기업들은 소빈뱅크에 약정액의 2배를 미리 약속한 환율로 팔아야만 했다.

일본 수출 기업은 다시금 막대한 자금을 소빈뱅크에 물어주게 되었다.

＊　　　　＊　　　　＊

뇨로로에서 얼마 떨어지지 않은 산속에 숨어든 올리버는 배고픔과 함께 저녁때면 급격히 떨어지는 낮은 기온과도 사투를 벌어야만 했다.

이틀을 배고픔과 추위에 떨었지만, 섣불리 산속을 벗어날 수 없었다.

올리버가 죽지 않았다는 것을 알게 된다면 용병들은 분명히 자신을 추적할 것이기 때문이다.

총상을 당한 왼팔에서 피는 멈췄지만 지친 몸 때문에 움직이기도 쉽지 않았다.

"이대로 끝낼 수는 없어. 놈들의 만행을 반드시……."

올리버가 몸을 일으키려고 할 때였다. 그가 있는 정면에서 플래시 불빛이 비쳤다.

그는 재빨리 나무 뒤로 숨었다.

"놈을 찾지 못하면 탄자니아를 벗어날 수 없다. 반드시 찾아야 해!"

어둠을 밝히는 불빛은 한두 개가 아닌 십여 개가 넘었다.

들려오는 대화를 유추해 볼 때 자신을 찾는 용병들이 분명했다.

"확인 사살을 해야 했는데."

"지금 와서 그런 말을 해봤자 소용없어. 놈을 찾지 못하면 보수도 날아갈 테니까."

계획대로라면 이틀 전에 탄자니아를 떠나 이탈리아의 지중해에서 휴식을 취해야만 했다.

"재수 없는 놈 때문에 이런 고생을 하다니. 이쪽으로 온 것이 맞아야 하는데."

두 용병이 주고받는 이야기를 올리버는 듣고 있었다.

올리버는 추위를 피하기 위해 아프리카 야생 숲멧돼지가 나무 밑에 파놓은 굴에서 이틀을 지냈다.

지금 나무로 가려진 굴 주변을 용병들이 지나가고 있었다.

'놈들이 어떻게 여기까지…….'

올리버는 두려움에 몰려왔다. 용병들이 자신을 발견하면 그대로 사살할 것이 분명했기 때문이다.

"다른 팀이 발견하지 못했다고 하니까, 이쪽이 분명해."

3개 팀이 올리버를 찾고 있었다.

"빨리 찾지 못하면 우리가 당할 수도 있어. 코사크가 움직이고 있으니까."

"쿠데타군이 너무 쉽게 무너졌어."

"아프리카 놈들이 다 그렇지. 하여간 오늘을 넘기면 위험해."

'후! 날 발견하지 못한 것 같은데……'

용병의 말소리가 멀어지자 올리버는 조금은 안심할 수 있었다.

어둠이 깔린 밤이라 나뭇가지와 나뭇잎으로 가린 작은 굴을 발견하지 못할 것이기 때문이다.

문제는 언제 굴에서 나가느냐였다.

*　　　　*　　　　*

일본 외환시장에서 촉발된 엔화의 상승세는 미국 외환시장에서도 이어졌다.

달러당 엔화 가파른 상승의 기폭제가 되었던 맥도너 뉴욕 연준 총재는 일본을 떠나는 공항에서 어떠한 것도 정해진 것이 없다는 모호한 발언을 했다.

이러한 발언은 여러 가지 추측을 낳았고, 엔화 상승을 꺾을 만한 재료가 없는 상황에서 추가 상승을 발생시켰다.

일본 외환시장에서처럼 급격한 상승세는 없었지만, 달러 당 85엔 아래로 떨어졌다.

그 결과 독일의 마르크화도 엔화에 연동되어 급격하게 올랐다.

미국의 주식시장은 엔화 강세에 따른 미국 기업들의 경쟁력 강화로 수출 증가가 발생할 수 있다는 소식에 크게 상승했다.

하지만 일본의 주식시장은 다음 날 전 종목이 하락하고 채권시장도 크게 흔들렸다.

"결국, 84엔까지 밀렸군."

"저희가 예상했던 것보다 6엔이 더 떨어졌습니다."

내 말에 런던금융센터장인 티토바가 말했다.

영국에 있는 런던금융센터는 엔화 상승에 따른 마르크화에 변동으로 큰 수익을 올렸다.

"미국과 유럽 중앙은행의 도움 없이는 달러당 90엔까지 올라서는 데도 큰 어려움이 따를 것입니다."

모스크바금융센터장인 소로킨의 말이었다.

모스크바와 한국, 홍콩, 그리고 일본의 금융센터가 주축이 되어 엔화를 공략했다.

"그것 때문에 일본이 맥도너의 발언을 문제 삼지 못한 것이겠지. 수익은 얼마나 올렸나?"

"현재까지 147억 달러입니다. 소코 계약에 따른 청산 절차가 들어가면 2백억 달러가 넘어설 것입니다."

소빈뱅크 상품투자 총괄 책임자인 피터로프의 보고였다.

"단 며칠 만에 2백억 달러라. 이런 장사를 포기할 수가 없게 만드는 이유지. 일본의 피해는 어느 정도지?"

"작년에 벌어들인 경상수지 흑자분 1천2백억 달러의 3분의 2를 토해낼 것입니다. 현 상황에서는 금융 안정을 우선시해야 하기 때문에 준비하던 대규모 부양 정책은 당분간 힘들어질 것입니다. 이와 함께 은행 간의 합병 또한 외부 자금을 수혈하지 못한 상황에서는 어려운 상황입니다."

"흠, 목표했던 일본 은행들을 사들일 수 있는 여건이 마련되었다는 뜻이겠지?"

"예, 그동안 저희 제한을 거부했던 일본 은행들도 이제는 거부할 수 없는 상황이 되었습니다. 저희가 노리고 있는 후지은행과 다이이치간교은행이 이번 엔화 강세로 인해 수십억 달러의 손실이 발생했습니다."

일본의 은행들은 아시아 금융 위기와 러시아 모라토리엄의 여파로 인해 큰 손실과 부실을 떠안고 있었다.

이러한 부실을 털어내기 위해 일본 정부는 은행 간 합병을 통해서 거대 은행을 탄생시킬 계획이었다.

하지만 이번 2차 도쿄 외환 참사로 인해서 이러한 계획이 물거품이 된 것이다.

Chapter 10

　일본 주식시장은 엔화 강세의 여파로 연일 크게 출렁거렸
다.

　그러나 미국의 주식시장은 빠르게 안정화되었다.

　일본 엔화 강세로 인한 헤지펀드들이 상당한 이익이 발생했
다는 소식이 전해졌기 때문이다.

　러시아의 모라토리엄 이후 달러와 강세에 투자했던 헤지펀
드들이 큰 손실을 보았던 것과는 달리 이번에는 달러와 약세
와 엔화 강세를 정확하게 예측해 시장에 반영했기 때문이다.

　주인 바뀐 퀀텀펀드와 타이거펀드도 이전에 발생했던 투자

손해를 만회했다는 소식에 빠져나가던 투자자들이 다시금 돌아오고 있었다.

정확한 수익은 알려진 것이 없지만 적게는 수십억 달러에서 수백억 달러라는 소문이 돌았다.

여기에 환율과 연관된 옵션과 파생 상품에 투자한 소빈뱅크와 JP모건도 상당한 수익을 얻었다는 소식이 시장에 퍼졌다.

그와는 반대로 예상치 못한 엔화 상승으로 인해 일본 기업과 은행, 투자사, 증권사들이 막대한 손해를 입게 되었다는 소식이 전해졌다.

특히나 일본의 수출 기업들이 상당수 가입했던 소빈뱅크의 소코로 인해 1조~3조 엔(10조~30조 원)의 피해가 발생했고, 파산 기업들이 속출할 수 있다는 암울한 소식이 들려왔다.

"허허! 일본이 난리가 났군."

"헤지펀드와 환투기 세력들이 엔화를 공격했다고 합니다."

이대수 회장의 말에 정용수 비서실장이 답했다.

"일본이 당할 정도면 한국은 아예 씹어 먹히겠어."

"막아낼 여력도 없겠지만, 다시 한번 한국이 공격을 당하면 간신히 버티고 있는 기업들 대다수가 주저앉을 것입니다."

"국제 환 투기 세력이 이렇게 무서울 줄 몰랐어. 우리도 충분한 대비를 해야 하는데 말이야."

"수출이 가파르게 늘어 있어 가용 외환 보유액도 작년보다 100억 달러 이상 늘었다는 것이 다행스러운 일입니다."

작년 한 해 수입이 크게 줄고 수출이 늘어났다. 정부도 총력적으로 수출을 장려하고 지원했다.

현재 한국의 가용 외환 보유액은 457억 달러였다.

정부의 바람대로 외환 보유액이 550억 달러가 되면 순 채권국으로 바뀔 수 있었다.

"그게 다 우리 대산 때문이지. 어느 기업도 하지 못한 35억 달러의 투자를 받았잖아."

대산그룹의 35억 달러 투자 유치는 국내 단일 기업으로는 최고의 투자금이었다.

이에 대한 자부심이 대단했다. 대산그룹은 이 자금을 통해서 매물로 나온 기업들을 인수하고 있었다.

"예, 저희 때문에 한국에 대한 투자 분위기 달라졌습니다."

"이런 상황에서 막대한 달러를 주고서 퀄컴을 인수한 블루오션의 판단이 잘한 것인지 모르겠어. 퀄컴이 그만한 값어치가 있는 거야?"

이대수 회장은 항상 닉스홀딩스의 행보를 눈여겨보고 있었다.

"시장에서 보는 퀄컴의 값어치는 최대 8억 달러라고 보았습니다만, 블루오션은 13억 5천만 달러를 주고 인수했습니다. 인수 기업이 한국 기업이기 때문에 5억 달러의 프리미엄을 주었다는 말이 흘러나오고 있습니다."

주선일보를 주축으로 하는 몇몇 국내 신문사들은 블루오션의 퀄컴 인수를 부정적으로 다루었다.

"이제 막 장사를 시작한 회사를 엄청난 금액을 주고 산 거야. 언제 그 돈을 다 뽑겠어."

이대수 회장은 IMF 이후 기존의 그룹 운영 방식을 바꾸었다. 큰 자금이 들어가는 투자와 장기 투자가 필요한 사업을 피했다.

선제적인 투자로 그룹의 발전을 이끌었던 이대수 회장이었지만 중국과 러시아에서의 투자 실패가 모든 걸 바꾸어놓았다.

"현재 퀄컴의 이익이 발생했던 곳은 한국과 일본 시장뿐입니다. 말씀하신 대로 미국에서는 아직 CDMA 방식에 대해서 이렇다 할 반응이 나오지 않고 있습니다."

"흠, 강 회장이 늘 앞선 생각으로 사람들을 놀라게 했지만, 이번 투자는 너무 무리했어."

"블루오션이 지금까지 벌어들인 이익금을 모두 투자해도 인수 자금에는 턱없이 모자랐습니다. 인수 자금은 닉스홀딩스의 계열사들에서 충당한 것 같습니다."

"상호 간의 지급 보증이겠지. 외환 위기로 인해 무너진 그룹들이 걸어간 길을 닉스홀딩스도 반복할 뿐이야. 강 회장의 욕심이 너무 과했어."

"연륜과 경험 부족을 강태수 회장이 조금씩 드러내는 것 같습니다."

"그래, 번뜩이는 아이디어와 패기로 회사를 키워왔지만, 이제는 단일 회사가 아닌 그룹이잖아. 그룹을 이끈다는 것은 지금까지와는 전혀 다른 일이야."

"정부와 도움과 소빈뱅크의 연줄이 끊어지면 닉스홀딩스도 흔들릴 것입니다."

"흠, 그건 그렇고. 나눔기술의 투자는 어떻게 되고 있지?"

"소빈뱅크와 이야기를 나누고 있습니다. 소빈뱅크에서는 나눔기술이 상장된 후에 결정하자는 분위기입니다."

"투자했던 금액의 2배를 주겠다는 되도 그러는 거야?"

"예, 나눔기술의 가능성이 저희가 제시한 금액보다 훨씬 높다고 평가했습니다."

자금이 풍부해진 대산그룹은 이중호가 투자한 나눔기술에 투자를 진행하려고 했고, 지분 인수를 추진 중이었다.

문제는 나눔기술의 최대 지분을 가진 소빈뱅크가 대산그룹의 투자를 반대하고 있었다.

나눔기술에서 증자를 통해서 지분을 늘리자는 제안을 제시했지만 소빈뱅크는 상장 이후에 검토하자는 의견을 내놨다.

그러자 대산그룹은 아예 소빈뱅크의 지분을 인수하겠다고 나선 것이다.

"러시아 놈들도 장사꾼이 다 되었군. 소빈뱅크가 그렇게 평가했다는 것은 나눔기술이 추진하는 나스닥 상장도 가능하다는 말인가?"

"예, 지금의 분위기라면 충분히 가능할 것 같습니다. 나눔기술이 제공하고 있는 인터넷 무료 전화의 가입자가 크게 늘고 있습니다. 미국 현지에서도 서비스가 지원되면 나스닥 상장은 쉽게 이루어질 것 같습니다."

"흠, 그래서 소빈뱅크가 투자했겠지. 우리가 좀 더 빨리 투자를 받았다면 대산이 지분을 인수할 수 있었을 텐데. 정말 아쉬운 일이야."

로스차일드사의 투자를 받기 전의 대산그룹은 나눔기술에 투자할 만한 여력이 없었다.

"지금도 늦지 않았습니다. 소빈뱅크도 적당한 가격이라고 여기면 우리에게 지분을 넘길 것입니다."

"그래, 확실히 중호를 밀어줘 봐. 이번에는 뭔가 크게 할 것 같은 느낌이니까."

"예, 나눔기술이라면 충분히 가능한 일입니다."

정용수 비서실장은 대산그룹 전략기획실을 통해서 나눔기술의 가능성을 조사했다.

코스닥 상장은 물론 나스닥 시장을 노리는 나눔기술은 IT 붐이 일고 있는 지금, 큰 돈줄이 되어줄 수 있는 기업이었다.

*   *   *

닉스홀딩스의 기업홍보팀장인 박희준은 주선일보의 경제담당 책임자인 김진평 부장을 남산에 자리 잡은 닉스호텔에서 만났다.

"하하하! 안녕하셨습니까?"

김진평 부장은 크게 웃으며 말했다.

주선일보가 아닌 닉스홀딩스에서 먼저 만나자고 한 것에 기분이 좋았다.

"예, 잘 지내셨지요?"

"닉스홀딩스 덕분에 그럭저럭 지내고 있습니다."

"자, 앉으시지요. 할 이야기도 있고 해서 직접 만나 뵙자고 했습니다."

"날씨도 좋은 날인데, 서로에게 유익한 이야기가 나왔으면 좋겠습니다."

"그래야지요. 음료는 커피로 하시겠습니까? 아니면 다른 차로?"

"커피로 하지요."

"커피 두 잔 부탁해요."

호텔 직원에게 커피를 시킨 박희준 팀장은 가방에서 서류철 하나를 꺼내 들었다.

"저희가 조사를 한 내용입니다. 주선일보에 실린 닉스홀딩스와 계열 회사의 기사 내용과 다른 신문이 보도한 내용을 비교한 것입니다."

서류철에서 꺼낸 조사 내용을 김진평 부장에게 건네주었다.

"저희가 볼 때 주선일보는 닉스홀딩스에 대해 악감정을 가지고 기사를 쓴 게 아닌가 하는 의구심이 들 정도로 부정적인 기사를 쏟아내셨더군요."

박희준 팀장에게서 A4 용지 다섯 매로 되어 있는 조사 보고서를 받아 든 주선일보 김진평 부장의 표정이 일그러졌다.

"글쎄요. 악감정이라고 말씀하셨지만, 저희는 공익을 최우선으로 하는 신문사입니다. 국민의 알 권리를 충족시키고 진실을 알리는 기사를 내보낼 뿐입니다."

김진평 부장은 주선일보의 기사가 문제 되지 않는다는 식으로 말했다.

"하하하! 공익과 알 권리요. 여기 나온 기사의 내용이 공익과 진실을 알리는 기사인가요?"

"주관적인 논조의 차이지, 진실을 왜곡했다는 것은 박 팀장의 견해인 것 같습니다. 다시 말씀드리지만 주선일보는 사익보다 공익을 앞세우는 신문사입니다."

"지금 하신 말씀은 주선일보의 공식적인 의견입니까?"

"허허! 왜 그러십니까? 오늘의 만남이 닉스홀딩스와 주선일보 양사를 이해하는 자리가 되길 원했던 것이 아닙니까?"

"서로를 이해하는 것은 중요한 일이지요. 하지만 진실을 왜곡하는 악의적인 보도를 지속적으로 내보낸 것에 대해서는 공식적으로 사과하셔야겠습니다."

"허허! 이런 식으로 나오시면 함께 가는 것이 어렵습니다."

"함께 간다고요? 뭘 착각하시는 것 같습니다. 닉스홀딩스는 공정한 보도를 원하는 것이지, 주선일보와 함께할 의사는 전혀 없습니다."

"많이 컸네."

순간 김진평 부장의 표정과 목소리가 달라졌다.

"지금 하신 말은 무엇을 뜻하는 것입니까?"

"박희준 팀장님, 저희와 싸우길 원하시죠?"

"싸운다. 시비를 먼저 걸고, 이제는 협박까지 하시는 것 같습니다."

"뭐 이야기가 나왔으니, 협박이라고 하지. 우리한테 밉보이면 기업이든 정부든 좋을 것이 없어. 우린 말이야, 정권도 교체할 수 있는 힘이 있거든. 닉스홀딩스가 조금 자리를 잡았다고 어깨에 힘을 주는데, 이 한국에서는 그걸로는 힘들어. 닉스홀딩스가 앞으로 어떤 결과를 맞이할지 궁금하면 우리와 계속 맞서든가."

김진평 부장은 선생님이 아이를 가르치는 듯한 말투로 말했다.

"하하하! 몹시 궁금한데요. 닉스홀딩스가 주선일보에게 맞선다. 아니, 주선일보가 놀랍게도 닉스홀딩스에게 맞서려는 것이 재미있기도 하겠는데요."

'뭐냐? 너무 당당하게 나오는데……. 일부러 날 도발한 건가? 도대체 뭘 믿고 이리 당당한 거야.'

김진평 부장은 닉스홀딩스와 좋은 쪽으로 이야기하려고 했다.

주선일보의 목적은 광고였고, 더 나아가 재계 10위권에 들어선 닉스홀딩스와도 좋은 관계를 맺고 싶었다.

하지만 처음부터 박희준은 공격적인 모습으로 나왔다.

*　　　　*　　　　*

닉스홀딩스 산하 계열사들의 수출액은 해마다 급격히 늘어났다.

닉스와 블루오션, 블루오션반도체, 닉스케미컬, 닉스제철, 닉스제련, 닉스제약, 닉스건강생활, 도시락, 닉스커피, 닉스정유, 닉스코어 등이 수출을 주도했다.

1998년 한 해 한국의 1,450억 달러의 수출액 중 닉스홀딩스 계열사의 수출액은 320억 달러가 넘어섰다.

예상했던 수출 금액보다 150억 달러를 더 수출할 수 있었던 것은 닉스홀딩스의 역할이 크게 작용했다.

닉스홀딩스가 대한민국 수출의 22%를 자치하게 된 것이다.

이와는 별도로 닉스 미국 법인에서 인수한 미국 기업들인

닉스ESPN과 닉스픽사, NS코리아, 닉스워너엔터테인먼트 등에서 이익금이 들어왔다.

올 한 해는 환율 안정도 일본 엔화의 강세로 더욱 수출이 늘어날 전망이다.

"SCS방송과 미래경제신문에 대한 인수 검토는 끝났습니다. 두 회사의 지분 인수 절차는 정부의 허가가 나오는 대로 곧바로 진행할 예정입니다. 장외시장에서도 충분한 주식을 매입했습니다."

김동진 비서실장의 보고였다.

SCS방송의 지분을 가장 많이 가지고 있는 태용건설이 외환위기로 흔들리면서 민영방송인 SCS를 넘길지도 모른다는 이

야기가 흘러나왔다.

SCS방송은 올해 코스닥에 상장할 계획을 하고 있었다.

"다른 언론이 눈치채지 못했겠죠?"

"예, 태용건설에 철저하게 비밀에 부치라고 이야기했습니다. 외부에 알려지면 인수 금액의 10%를 저희에게 다시 돌려주는 계약에 사인했습니다."

태용건설은 공공연히 SCS방송은 절대 팔지 않겠다고 기회가 있을 때마다 말해왔다.

5월에 코스닥에 상장을 노리는 회사를 굳이 팔 필요성을 느끼지 못한다는 말을 시장에 흘렸다.

하지만 국내 아파트 공사와 해외 공사 차질로 큰 손실을 본 태용건설은 매달 2백억~5백억 원의 차입금을 갚아야만 했다.

"최종 인수 금액은 얼마입니까?"

"태용건설이 소유한 지분 142만 주를 주당 8만 원에 매입할 예정입니다. 금액으로는 1,136억 원입니다. 여기에 프리미엄 비용으로 5백억 원을 별도로 지급하기로 했습니다. 총 1,636억 원의 인수 비용이 지급될 예정입니다. 미래경제신문은 3백억 원 내외가 될 것 같습니다."

SCS방송은 장외 주식 시장에서 2만 원에 거래 중이었고, 상장 후 예상되는 적정 주가는 2만 5천~3만 원으로 보고 있었다.

닉스홀딩스는 장외 주식 시장의 거래 금액보다 4배를 더 주고 주식을 인수하는 것이다.

"주선일보만 아니었어도 방송사를 군이 인수할 이유는 없었는데 말입니다."

"예, 빠른 인수만 아니었더라도 좀 더 저렴하게 진행할 수 있었습니다. 그 점이 저도 조금 아쉬웠습니다."

"이왕 이렇게 된 것, 확실하게 방송국과 신문사를 이용하도록 하지요. 인수 발표는 언제쯤 진행합니까?"

"이번 주 중으로 문화관광부의 결정이 나면 곧바로 인수발표를 공표할 예정입니다. 인수 절차와 관련된 작업은 모두 끝마친 상황입니다."

"좋습니다. 이제 우리를 건드린 대가를 곧 치르도록 해주어야지요."

주선일보와 관련된 자료와 정보를 국내정보팀과 코사크를 통해서 수집했다.

주선일보의 사주와 신문사 관계자들은 상당한 비리와 뇌물에 연관되어 있었다.

*　　　　　*　　　　　*

탄자니아에서 집단 학살이 일어난 장소가 최종 확인 되었다.

뇨로로 지역에 자리 잡은 마을들로 2곳의 마을에서 5백 구가 넘어서는 시체가 발굴되었다.

그중 한 매장지에서 실종된 BBC 기자들의 시체가 나왔다.

"시체는 모두 넷이었습니다."

"실종자가 다섯 명이라고 하지 않았었나?"

정보팀 띠혼의 말에 코사크 타격대를 지휘하는 블라디미르가 물었다.

그는 타격대 3개 팀을 이끌고 있었다.

"예, 올리버라고 음향 기술자의 시체가 나오지 않았습니다."

"다른 장소에서 사살된 것인가?"

"그럴 수도 있겠지만, 굳이 다른 장소에서 사살할 이유도 없습니다. 이곳에서 학살 현장이 촬영되어 방송에 나갔으니까요."

"흠, 이용 가치가 끝난 인물들을 죽였다는 것인데. 혹시, 올리버가 탈출한 것은 아닐까?"

"가능성은 없지 않습니다만 제 생각에는 아주 희박한 일입니다."

"이것 참 난감하군. 본부에서는 반드시 BBC 기자들을 찾으라고 했는데 말이야. 일단은 주변을 좀 더 수색하도록 해. 어떡하든지 작은 증거라도 찾아내야 하니까."

블라디미르는 주변에 있는 부하들에게 지시했다.

코사크 타격대 3개 팀과 전투대원 200명이 뇨로로에 도착한 상태였다.

Chapter 11

"더는 힘들어."

올리버는 배고픔도 견디기 힘든 일이었지만 목이 타는 듯
한 갈증을 더는 견딜 수가 없었다.

용병들에게 들키지 않으려고 굴에서 이틀을 견뎠다.

하지만 작은 굴에서 이틀 동안 물 한 모금조차 마실 수 없
는 상황이 되자 한계에 달한 것이다.

"이젠 아무도 없을 거야."

스스로 안심하듯 말하는 올리버는 조심스럽게 굴을 가렸
던 나뭇가지와 나뭇잎을 치웠다.

고개를 살짝 내밀며 주변을 살핀 올리버는 힘겹게 굴 밖으로 나왔다.

"후! 다행이야."

예상한 대로 주변은 새소리 외에는 고요했다.

긴장감이 풀어진 올리버는 물을 마시기 위해 서둘러 물이 흐르는 냇가로 향했다.

몸을 숨긴 장소에서 5분 정도 떨어진 곳에 작은 냇가가 있었다.

물소리가 들려오자 올리버의 발걸음이 빨라졌다.

마른 장작 나무처럼 바짝 말라 버린 올리버는 물이 흐르는 냇가를 보자마자 넘어지듯이 달려가 머리를 냇가에 처박았다.

"꿀꺽! 꿀꺽!"

시원한 물이 목구멍을 넘어 배 속으로 들어가자 그동안 잠자던 세포들이 모두 깨어나는 듯한 느낌이 들었다.

"푸— 후! 이제 살 것 같네."

냇가에서 머리를 떼며 말하는 올리버의 눈동자도 다시금 생기를 찾은 것 같았다.

다시금 두 손으로 물을 떠 얼굴로 가져갈 때였다.

올리버의 고개가 빠르게 물속으로 처박혔다.

첨벙!

"크크큭! 내가 뭐라고 했어. 이놈이 여기에 있다고 했잖아."

위장 군복을 입은 사내가 올리버의 머리를 군화로 밟으며 말했다.

올리버를 쫓던 용병들은 주변을 떠나지 않았다.

"하하하! 이제 막 철수하려고 했는데, 이런 행운이 있나."

코사크가 뇨로로 지역에 도착하자 올리버를 수색하던 용병들은 포기하고 탄자니아를 벗어나려고 했다.

올리버가 굴속에서 조금만 더 버텼다면 용병들을 만나지 않았을 것이다.

첨벙! 첨벙!

물속에서 고개를 들지 못하는 올리버는 두 손을 바둥거리며 괴로워했다.

"끌어 올려."

용병들의 리더로 보이는 인물이 말하자 올리버의 머리를 누르고 있던 군화가 치워졌다.

"푸하! 커— 어억!"

올리버는 고개를 들어 올리자마자 고통스러운 표정으로 물을 뱉어냈다.

퍽!

"쥐새끼 같은 놈! 우릴 고생시켜."

힘겹게 일어난 올리버를 향해 앞에 있던 용병이 화난 표정으로 주먹을 날렸다.

올리버 때문에 모든 것이 어그러질 뻔했기 때문이다.

첨벙!

올리버는 맥없이 물속에 쓰러졌다.

"네놈의 운도 여기까지다."

용병을 이끌던 리더가 권총을 꺼내 들어 올리버에게 겨누었다.

그의 총구는 정확히 올리버의 머리를 향했다. 다시금 살아날 수 없게 말이다.

'아! 여기까지가 내 운명이구나.'

자신에게 겨누어진 권총을 바라보던 올리버는 눈을 감았다. 이젠 먼저 떠난 동료들을 따라갈 뿐이었다.

"잘 가거……."

탕!

픽!

올리버에게 권총을 겨누던 용병의 머리 한쪽이 터져 나가면서 그대로 물속으로 처박혔다.

첨버덩!

타다다탕! 타타당탕!

"습격이다!"

눈을 감은 올리버의 귓속으로 요란한 총소리가 들려왔다.

눈을 뜨자 자신의 주변에 있던 용병들이 몸을 숨기기 위해 사방으로 몸을 날리는 것이 보였다.

그들을 쫓는 것은 무수히 날아오는 총알이었다.

지금 올리버의 눈에 보이는 광경과 사물들은 마치 슬로비디오처럼 아주 천천히 움직이는 것만 같았다.

고함과 총소리 그리고 총알이 몸을 꿰뚫고 지나가는 소리가 오케스트라의 하모니처럼 선명하게 들려왔다.

"으하하하!"

올리버는 그런 모습과 소리에 자신도 모르게 큰 웃음이 터져 나왔다.

왜 자신이 이런 상황에서 웃고 있는지도 모른 채……

*　　　　　*　　　　　*

"김대중 정부를 믿고 까부는 건가?"

주선일보 주필인 서주원은 김진평 경제부장의 말에 반문하듯 물었다.

서주원은 주선일보를 이끄는 핵심 인물이자 지금의 주선일보를 크게 성장시킨 인물이다.

주선일보의 사주도 서주원 주필을 함부로 하지 못했다.

더구나 주필은 신문사의 편집 방향을 결정하는 인물이다.

"닉스홀딩스가 이번 정부의 정권 창출에 적잖은 기여를 한 것은 사실입니다."

자리에 함께한 편집국장인 박민석이 답했다.

"흠, 아무리 그래도 그렇지. 이렇게 대놓고 우릴 무시한다는 것이 이상해."

국내 기업 중에서 주선일보를 무시하는 회사는 없었다.

주선일보가 가진 영향력을 인정했고 서로 공생하는 관계로 나아가는 것이 대부분이었다.

하지만 닉스홀딩스는 지금까지 봐왔던 기업과는 전혀 다른 모습을 보여주고 있었다.

"강태수 회장이 너무 젊어서 상황을 오판하는 것 같습니다."

김진평 경제부장이 말했다.

"아직 서른이 되지 않았지?"

"예, 올해 28살로 알고 있습니다."

서주원 주필의 말에 박민석 편집국장이 대답했다.

"젊은 나이이긴 하지만 지금까지 어떤 기업인도 따라 할 수 없는 일들을 해냈잖아. 8년 만에 수십조의 매출을 올리는 그룹을 아무나 만들 수는 없으니까."

"강태수 회장 혼자서 이룩한 것이 아닙니다. 취재를 하면서 느낀 것은 강 회장 주변에는 능력 있는 사람들이 몰려 있다는 것이었습니다. 물론 사람을 부리는 용병술도 능력이지만,

강 회장을 그렇게 하도록 유도한 인물이 있다는 확신이 들었습니다."

"그게 무슨 말이지?"

"강 회장은 러시아와 깊은 관계를 맺고 있습니다. 제 생각에는 강 회장을 통제하는 인물이 러시아에 있는 것이 분명합니다. 강 회장의 해외 출장 비율도 어느 나라보다 러시아가 월등합니다. 취재하는 과정에서 러시아의 최대 기업인 룩오일NY와의 닉스홀딩스 간의 연계성이 무척이나 크다는 것을 알게 되었습니다. 다른 국내 기업에는 무척 까다롭게 행동하는 기업이 룩오일NY입니다."

"그럼, 룩오일NY가 닉스홀딩스를 움직인다는 말인가?"

서주원 주필이 궁금한 표정으로 물었다.

"그럴 가능성이 아주 농후합니다. 더구나 룩오일NY을 이끄는 표도르 강 회장에 대해 외부로 알려진 것이 별로 없습니다."

"표도르 강은 러시아의 차르로 불리고 있습니다. 우리가 생각했던 것보다 영향력이 막강하다고 합니다. 러시아의 키리엔코 대통령과도 언제든지 독대를 할 수 있다는 소리도 들었습니다."

박민석 편집국장과 김진평 경제부장이 차례대로 대답했다.

"표도르 강은 고려인 3세가 맞는 거야?"

"그런 이야기도 있지만 본모습을 가리려고 일부러 그런 이

름을 썼다는 말도 있습니다. 제가 볼 때는 유럽계 러시아인이
아닌가 생각됩니다."

김진평 경제부장이 말했다.

룩오일NY와 닉스홀딩스의 연관성을 조사한 이들은 표도르
강이라는 이름 때문에 자연스럽게 같은 성씨인 강태수 회장
을 떠올리지만, 대부분은 동일 인물이 아니라는 결론에 도달
했다.

주선일보가 모스크바에서 조사한 바로는 표도르 강 회장
의 나이가 30대 후반에서 40대 초반으로 알려졌었기 때문이
다.

더구나 표도르 강 회장은 공식적인 자리 참석을 피했고 언
론에도 얼굴을 드러내지 않는 인물이었다.

표도르 강 회장의 얼굴이 찍혔다는 TV 방송 테이프를 입수
했지만, 화면에서는 표도르 강의 얼굴이 가려져 있었다.

이 모든 것은 한국으로 정보가 유출되는 것을 차단하기 위
해 코사크정보 센터와 FSB(러시아연방보안국)이 표도르 강 회장
의 흔적을 철저히 지웠기 때문이다.

"으흠, 세계적인 기업을 이끄는 인물이 얼굴 없는 사람이다.
왠지 강태수 회장이 보였던 행적과 비슷하지 않아? 강태수도
국내에서 철저하게 자신을 드러내지 않으려고 했잖아?"

"강태수 회장의 경우는 기업의 책임자로서는 너무 젊은 나

이이기 때문에 닉스홀딩스의 기업 이미지에 부정적인 면이 생길까 봐 알리지 않았다고 합니다. 하지만 표도르 강 회장은 러시아 마피아의 습격으로 목숨을 잃은 뻔한 적이 있어서 신분 노출을 극도로 꺼린다고 들었습니다."

주선일보 모스크바 특파원이 현지에서 만난 정보원에게서 들은 이야기였다.

특파원이 만난 정보원은 코사크정보 센터의 요원이었고 여러 가지 왜곡된 정보를 주선일보에게 전달했다.

"하긴 강 회장은 지금도 젊은 나이인데 몇 년 전에는 더 심하게 생각할 수 있었겠지. 표도르 강 회장에게 그런 일이 있었군."

"목숨을 잃을 뻔한 일을 당하면 신분 노출이 꺼려지겠습니다. 러시아 마피아는 경찰서장과 국회의원도 죽이는 놈들이니까요."

김진평의 말에 서주원 주필과 박민석 편집국장이 고개를 끄떡이며 말했다.

"룩오일NY와의 관계보다 강태수 회장의 비리와 뇌물 관계를 중점적으로 캐봐. 우리에게 등을 돌리면 어떻게 되는지를 이번 기회에 확실히 보여주어야 하니까."

"예, 돈보다 펜이 위에 있다는 것을 확실히 보여주겠습니다."

서주원 주필의 말에 김진평 경제부장이 힘 있게 대답했다.

주선일보는 확실한 돈줄인 대산그룹이 있었기 때문에 굳이 닉스홀딩스에 고개를 숙일 필요가 없다는 생각이었다.

이참에 다시금 주선일보가 어떤 위치에 있는지를 보여주는 것이 중요했다.

*　　　*　　　*

"실종된 BBC취재팀 중 음향 기술자인 올리버의 신병을 확보했습니다."

코사크의 대표인 보리스의 보고였다.

"나머지 인원들은 어떻게 되었나?"

"탄자니아 주민 학살 장소에서 네 명의 인물이 총살된 채 발견되었습니다. 방송이 나간 후에 용도 폐기 된 것 같습니다."

"흠, 학살을 주도한 인물은 누구지?"

"정확한 것은 좀 더 조사해야 하지만 영국의 SAS(공수특전단)에서 관여한 정황이 발견되었습니다. 타격대와 전투를 벌인 인물들이 SAS가 즐겨 사용하는 무기와 장비를 이용했다고 합니다. 전투 중에 아홉 명의 인원 모두는 사살되었습니다."

"SAS가 직접 관여했다는 건가?"

"SAS에서 퇴역한 인물들일 수도 있습니다. 유사시를 대비해 퇴역자들도 관리를 진행하는 것으로 알려졌습니다."

코사크정보 센터장인 쿠즈민의 말이었다.

"SAS가 직접 관여하기에는 위험 부담이 있었을 것입니다. 쿠즈민 센터장의 말처럼 퇴역한 인물들을 동원했을 가능성이 가장 큽니다. 탄자니아는 영국의 지배를 받았기 때문에 지금도 활발하게 영국인들이 왕래하고 있습니다."

"이번 일은 코사크를 직접 겨냥한 일이야. 올리버를 찾지 못했다면 세계 유수의 언론들이 탄자니아의 학살 사태의 책임을 코사크에게 계속 몰아갔을 테니까. 올리버는 어디에 있나?"

"카로에 있는 닉스소빈병원에 입원해 있습니다. 발견 당시 먹지를 못해서 심신이 허약해진 상태였습니다. 정신적으로도 상당한 충격을 받았다는 의사의 소견이 있어 조사를 바로 진행하지 못하고 있습니다."

카로는 DR콩고의 제2의 도시로 올라섰다.

코사크의 중부 아프리카 파견 본부가 있는 곳이자 닉스홀딩스와 룩오일NY의 계열사들이 상당수 진출한 도시이기도 했다.

"카로라면 안심이 되는군. 올리버를 충분히 치료한 후에 조사를 진행해. 사살된 놈들 외에 학살을 주도한 자들은 또 없는 건가?"

"더 있는 것으로 보입니다. 학살 피해에서 벗어난 마을 주민들이 총을 든 수십 명의 백인들을 보았다고 말했습니다."

코사크를 이끄는 보리스의 대답이었다.

"놈들을 찾아내는 것도 중요해. 이번 쿠데타와의 연관성도 확인해야 하니까 말이야."

"알겠습니다. 추적을 계속하라고 지시하겠습니다."

"웨스트의 세력이 날 노릴 때와는 전혀 다른 방식의 형태로 움직이고 있어. 만약 이번 일이 이스트가 주도한 일이라면 우리가 맞설 상대가 명확해질 거야."

그동안 웨스트 세력과 CIA의 주도로 공격이 진행되었었다. 계속된 습격은 그 대상이 된 나를 직접 제거하려는 공격이었다.

하지만 지금 이스트 세력은 나의 손발이 되어주는 코사크와 기업을 공격 대상으로 삼았다.

더구나 언론을 동원하여 기업의 이미지 실추를 노렸고 거의 성공할 뻔했다.

한국의 대산그룹에 35억 달러를 투자한 로스차일드사의 움직임도 우회적인 공격 방법이었다.

대산그룹은 닉스홀딩스를 악의적인 보도로 공격하는 주선일보와 연계되어 있었고, 두 기업은 다시금 권력욕을 드러내고 있는 한종태와 연관되어 있었다.

구심점이 사라진 민한당에 한종태가 새로운 활력이 되어줄

거라는 언론의 기사들은 대부분 대산그룹이 상당한 광고비를
지출하는 신문사에서 흘러나왔다.

한종태의 노력으로 성사된 로스차일드사의 투자 이면에는
또 다른 음모가 도사리고 있다는 것이 현실화되어 가고 있었
다.

＊ ＊ ＊

닉스홀딩스 산하 계열사의 모든 광고가 주선일보와 신한국
경제신문에서 사라졌다.

두 신문사 모두 닉스홀딩스에 대한 악의적인 기사를 지속
적으로 내보냈다.

그러나 대산그룹에 대해서는 무척이나 호의적인 기사와 이
대수 회장의 특집 기사를 실었다.

〈한국 기업은 우물 안에 개구리처럼 머물지 말고 세계에 진출
해야 합니다. 대산그룹은 일찌감치 중국과 러시아 비롯한 북미 지
역에 진출하여 현지 시장에 뜨거운 반응과 매출을 늘려가고 있습
니다. 현지화 작업의 성과는 올해부터 본격적으로 발생할 것입니
다.

대산그룹은 앞으로 100억 달러 수출을 일으킬 수 있는 차세대

사업을 집중적으로 육성하여 대한민국의 국가 발전과 일자리 창출에 크게 이바지할 것입니다.

대산이 하면 다르다는 것을 국민 여러분께 보여 드리겠습니다.)

기사 내용과 달리 대산그룹을 흔들리게 했던 중국 투자는 지금도 뚜렷한 성과가 나오지 않고 있었다.

미국 진출을 이야기한 것도 로스차일드사의 투자금을 바탕으로 현지 벤처기업인 실리콘이미지의 인수 작업을 진행 중이었다.

실리콘이미지는 액정 화면과 연관된 기술을 가진 벤처기업이다.

대산그룹의 러시아 진출 또한 크게 실패했던 에너지 사업을 다시금 검토 중이었다.

매각했던 대산에너지에 대한 재인수 이야기가 대산그룹 내에서 흘러나오고 있었다.

"하하하! 기사가 아주 잘 나왔어."

이대수 회장은 자신의 인터뷰 내용을 보며 만족스러운 웃음을 토해냈다.

"하하하! 주선일보에서 제목도 잘 뽑았습니다."

김덕현 부회장이 이대수 회장의 말에 맞장구를 치며 말했다.

대담 형식의 인터뷰 제목은 '한국호가 나아갈 길, 대산에게 듣다'였다.

이대수 회장의 사진과 함께 한 면을 다 차지한 인터뷰 아래에는 대산그룹의 광고가 커다랗게 실렸다.

"역시! 주선일보야. 돈을 쓴 만큼의 효과가 나오게 해주잖아."

주선일보는 대산그룹의 이미지 제고에 큰 역할을 담당하고 있었다. 주선일보의 주 독자층이 대산그룹에 대해 큰 호감도를 나타내고 있었기 때문이다.

"닉스홀딩스는 주선일보와 전면전을 펼칠 분위기입니다. 전 계열사들이 광고를 모두 취소했다고 합니다."

정용수 비서실장의 말이었다.

"바보 같은 짓이야. 대한민국의 주 언론인 주선일보와 척을 지면 손해는 결국 닉스홀딩스에게 돌아가는 거야."

"예, 다른 신문사와 아무리 연계한다고는 해도 주선일보의 영향력에는 크게 미치지 못하니까요."

이대수 회장의 말에 김덕현 부회장이 고개를 끄떡이며 동조했다.

"닉스홀딩스가 신한국경제신문에서도 광고를 뺐다고 합니다."

"자신들의 입맛에 맞지 않는다고 모든 신문사와 전쟁을 할 태세인가 보네."

"강 회장이 언론과의 줄다리기는 조금 어설픈 것 같습니다."

"그래, 줄 건 주고, 받을 건 받으면 되는데 말이야. 강 회장이 생각보다 고지식한 부분이 있어."

이대수 회장은 서주원 주필에게서 닉스홀딩스가 너무 고자세로 나왔다는 이야기를 전해 들었다.

주선일보에서 내민 손을 닉스홀딩스가 거절한 것이다.

그때였다.

테이블에 올려진 인터폰에 불이 들어왔다.

정용수 비서실장이 수화기를 들었다.

"그게 사실이야? 알았어."

"무슨 일이야?"

정용수의 말에 이대수 회장이 궁금한 듯 물었다.

"TV를 보셔야 할 것 같습니다."

정용수 비서실장은 테이블에 올려진 TV 리모컨을 눌렀다.

—닉스홀딩스가 SCS방송을 인수했습니다. 민영방송인 SCS의 최대 주주로 올라선 닉스홀딩스는 이제 문화 콘텐츠 사업까지 영역을 넓히는 행보를 보여주고……

TV 뉴스에는 '닉스홀딩스 SCS 인수'라는 커다란 자막과 함께 아나운서의 명쾌한 목소리가 흘러나왔다.

∗　　　　∗　　　　∗

닉스홀딩스의 SCS방송 인수는 그 누구도 예상하지 못한 일이었다.

여기에 한 발짝 더 나아가 미래경제신문의 최대 주주로 올라섰다. 사실상 미래경제신문까지 인수한 것이다.

닉스홀딩스는 지배주주인 태용건설의 지분뿐만 아니라 대한제분, 이건산업, 중경개발, 대일건설, 홍양 등 대주주와 소주주의 주식도 사들였다.

대기업의 방송 지배에 대한 우려가 있었지만, IMF의 권고 상황에 따른 방송법 개정을 통해 닉스홀딩스는 큰 어려움 없이 SCS방송을 인수할 수 있는 여건을 마련했다.

IMF 관리 체제 아래에서 경제적 어려움을 겪던 SCS방송 대주주와 소주주들은 시장 가격보다 3~4배의 가격을 제시한 닉스홀딩스에게 지분을 매각했다.

이러한 닉스홀딩스의 SCS방송과 미래경제신문의 인수에 대해 언론은 상반된 반응을 보였다.

닉스홀딩스와 우호적인 관계를 맺고 있는 신문사들은 호의적인 기사를 내보냈지만, 주선일보와 신한국경제신문 등 몇몇 신문사는 대기업의 언론 장악이라며 정부와 닉스홀딩스를 동시에 겨냥하는 비판 기사를 연속해서 실었다.

SCS방송 인수를 허락한 정부의 결정이 참으로 어리석었다는 노골적인 비판 기사였다.

"주간 언론 동향입니다. 주선일보가 꽤 놀란 모습입니다."

김동진 비서실장이 언론의 동향을 조사한 보고서를 내게 내밀며 말했다.

경제와 언론의 동향이 담긴 보고서를 비서실에서 작성했다. 각 계열사와 국내 정보팀, 그리고 코사크 정보 센터에서 정보를 제공하고 있었다.

"우리가 자신들과 똑같은 공격 무기를 가지게 되었으니까요. 이제 본격적인 반격을 시작해야겠지요."

"그렇지 않아도 오늘 자 SCS방송의 특집 다큐멘터리에서 한국경제에 대한 방송이 나갈 예정입니다. 이 방송에서 닉스홀딩스와 계열사들의 성장과 수출 현황에 대한 이야기가 상당수 포함되어 방영될 것입니다."

"이젠 닉스홀딩스의 현 위치가 어느 정도인지 알게 하는 것도 중요하겠지요. 그리고 SCS 목동 신사옥 건설은 계획대로 진행할 수 있게 지원해 주십시오."

SCS방송은 외환 위기 사태 이후 광고량이 크게 감소하여 경영 사정이 더욱 악화되었다.

SCS는 목동에 부지를 마련한 후부터 신사옥 건립을 추진해 왔지만, 경영상의 어려움 때문에 백지화될 만큼 회사 사정이 여의치가 않았었다.

"알겠습니다. 지시하신 대로 SCS방송과 매일경제신문의 대표이사와 상무급 이상은 모두 사표를 받았습니다."

"두 곳 다 새롭게 출발할 수 있어야 합니다. 뉴스를 제작하는 보도국은 외부의 강압과 간섭이 없는 중립적인 방송을 할 수 있게 조처되어야 하고요. 드라마국과 예능국은 다른 방송국과 차별된 방송을 할 수 있게 탈바꿈해야 합니다. 그걸 이룰 수 있게 충분한 지원도 해주어야 하고요"

이미 룩오일NY는 러시아와 체코, 폴란드, 헝가리, 루마니아, 불가리아의 TV 방송국과 신문사를 소유하고 있었다.

이와 함께 영국 ATV와 미국 FOX TV의 인수를 추진 중이다.

언론에 대한 중요성을 깨달은 후부터 룩오일NY는 적극적으로 TV 방송사를 인수했다.

"예, 박명준 대표이사는 충분히 해낼 수 있을 것입니다."

닉스제약을 이끄는 박명준을 SCS와 미래경제신문의 총괄

대표로 임명했다.

두 회사는 새롭게 부사장 제도를 두어 박명준 총괄대표를 보좌하는 역할을 할 수 있게 만들었다.

박명준은 닉스제약을 세계적인 제약회사로 성장시켰고 지금은 누가 맡더라도 안정적인 운영을 할 수 있었다.

Chapter 12

  SCS에서 특집다큐멘터리로 방영된 '대한민국의 미래'라는 제목의 방송은 큰 반향을 일으켰다.

  외화를 벌어들이기 위해 수출 전선에 최선을 다하는 기업들을 취재한 방송이었고, 그 선두에 닉스홀딩스가 있다는 것을 알게 된 것이다.

  덤핑 수출이 아닌 제값을 받고 물건을 수출하는 닉스와 닉스제약은 명실공히 세계를 호령할 수 있는 수출 품목이었다.

  여기에 블루오션과 블루오션반도체가 소유한 지적재산권과 특허권을 통해서 제품을 판매하는 것과 같은 수익을 올린다는 사실을 알게 되었다.

방송에는 닉스가 소유한 영국의 맨체스터 유나이티드 축구단이 소개되었다.

맨체스터는 97~98시즌에 8,790만 파운드(1,627억 원)를 벌어들여 세계 20대 부자 클럽에서 최고의 부자 구단으로 선정된 사실을 보도했다.

맨체스터 선수들이 경기에 신고 뛰는 신발과 티셔츠에는 닉스홀딩스의 계열사 상표들이 부착되었고, 이러한 축구 경기가 닉스ESPN을 통해서 전 세계에 반영된다는 사실도 말이다.

전 세계 운동화 판매 순위와 매출, 그리고 지명도에서 월등한 모습을 보이는 닉스는 이제 세계적인 명품 브랜드를 소유한 기업이었다.

구찌와 펜디, 겐조, 보테가 베네타, 불가리, 알렉산더 맥퀸 등을 차례대로 인수하여 관리하고 있다는 사실도 방송을 통해 전달되었다.

닉스는 국내 회사로 보기보다는 국제적인 패션 그룹으로 보아도 무방할 정도로 사업 영역이 확장되고 있었다.

여기에 닉스코아는 전 세계를 대상으로 주요 광물들을 수출하고 운송하는 토털 서비스를 제공하는 회사였다.

닉스코아는 또한 광물을 채굴하는 장비를 만드는 세계적인 회사들을 하나둘 인수하고 있었다.

일반 사람들에게 잘 알려지지 않았던 닉스홀딩스 계열사들의 성장과 매출은 놀라울 정도였다.

방송을 보자 재계 순위 6위권으로 알려진 닉스홀딩스는 누가 보더라도 명실공히 국내 최고의 기업처럼 보였다.

"어제 SCS의 특집 방송은 마치 닉스홀딩스의 광고를 보는 것 같았습니다."

보영그룹의 김상춘 회장이 국화차가 담긴 찻잔을 내려놓으며 말했다.

"흠, 그러긴 해도 정말 놀라웠습니다. 닉스홀딩스가 그 정도의 회사인지 다시 한번 돌아보게 되었습니다."

선진그룹의 최용호 회장이 금테 안경을 올리며 말했다.

"저도 깜짝 놀랐습니다. 그동안 닉스홀딩스는 스스로 드러내지 않으려는 모습을 보여왔었습니다. 하지만 어제 방송은 이제 그런 것이 필요 없어졌다는 듯했습니다."

두 사람의 말에 이대수 회장은 자신이 받은 충격을 솔직히 이야기했다.

요즘 들어 이대수는 김상춘 회장, 최용호 회장과 자주 어울렸다.

"SCS방송을 인수하자마자 대놓고 광고를 하는 것이지요. 사실 정부의 도움이 없었다면 지금의 닉스홀딩스가 없지 않습니까?"

김상춘 회장은 특집 방송에 나온 닉스홀딩스의 모습을 받아들이기 힘들었다.

IMF 관리 체제 아래에서 수많은 기업이 쓰러지고 지금도 힘든 구조 조정을 벌이고 있는 상황에서 닉스홀딩스의 행보는 그와는 전혀 다른 모습이었기 때문이다.

"정부의 도움이 없지는 않았지만 닉스홀딩스는 국내를 벗어난 느낌이었습니다. 세계적인 회사들을 인수할 수 있는 역량을 갖추었다는 것에 다시 한번 놀랐습니다."

이대수 회장은 강태수 회장의 능력을 인정하는 인물 중 하나였다.

"닉스홀딩스 혼자서는 이룰 수 없는 일입니다. 적어도 수십억 달러가 들어가는 인수·합병을 여러 건 성사시켰다는 것은 자금줄이 따로 있지 않고는 분가능합니다."

"저도 최 회장님의 말씀에 동조합니다. 닉스홀딩스 계열사 중에서 잘나가는 기업이 있다는 것을 인정한다고 해도 그만한 돈을 동원할 금융회사를 가지고 있지 못하지 않습니까? 더구나 국내에서 인수 자금을 빌린다는 것은 어불성설(語不成說)이고요."

"제가 듣기로는 닉스홀딩스가 러시아의 룩오일NY와 관계가 깊다고 합니다. 그쪽에서 자금이 흘러나오는 것이 아닌가 생각됩니다."

"룩오일NY가 그렇게 잘나가는 회사입니까?"

보영그룹의 김상춘 회장은 룩오일NY에 대해 알지 못했다.

"룩오일NY 계열사에 소빈뱅크가 들어 있습니다."

"아! 이번에 한일은행과 상업은행을 인수한 은행 말입니까?"

"예, 미국의 베어스턴스은행도 인수한 은행입니다. 타이거 투자 관리사도 소빈뱅크가 인수했다는 이야기를 들었습니다."

이대수 회장은 소빈뱅크에 대해 알려주었다.

"그럼, 강태수 회장의 뒤를 소빈뱅크가 봐준다는 말씀입니까?"

선진그룹의 최용호 회장도 소빈뱅크에 대출을 의뢰했었다.

"정확한 것은 아니지만, 의심이 간다는 말을 주선일보의 서지원 주필에게서 들었습니다. 주선일보에서 닉스홀딩스와 강태수 회장에 대해 취재를 하고 있으니까요."

"그런데 요즘 주선일보가 닉스홀딩스에게는 날이 서 있던데, 무슨 일이 있었습니까?"

최용호 회장이 물었다.

"닉스홀딩스가 적당한 선에서 주선일보와 타협을 하지 않은 것 같습니다. 주선일보의 보도 내용을 트집 잡아서 닉스홀딩스 전 계열사의 광고를 모두 내렸다고 합니다."

"흠, 주선일보가 물고 늘어지면 어려운 점이 한둘이 아닐 텐데요."

"그걸 강태수 회장이 모르지는 않을 것 같은데, 설마 주선일보와 맞서기 위해서 SCS방송을 인수한 것은 아니겠지요?"

"흠, 강태수 회장이라면 그럴 수 있다는 생각이 듭니다. SCS방송과 미래경제신문을 동시에 인수한 시기가 주선일보와의 마찰이 본격화된 시점이었으니까요."

김상춘 회장의 말에 이대수 회장의 표정이 미묘하게 바뀌며 말했다.

"주선일보와 싸우기 위해 SCS방송과 미래경제신문을 인수했다면 주선일보가 쉽지 않겠습니다. 닉스홀딩스의 현금 동원 능력이 국내 제일이지 않습니까."

닉스홀딩스의 현금 유동성은 어느 기업보다 뛰어날 뿐만 아니라 각 계열사의 캐시 플로(현금 흐름)도 매우 안정적이었다.

"그렇지요. 공격할 창과 방어할 방패를 모두 가지고 있는 닉스홀딩스를 주선일보가 쉽게 볼 수는 없을 것입니다."

최용호 회장의 말에 이대수 회장은 고개를 끄떡이며 말했다.

"그래도 국내 제일의 영향력을 지닌 주선일보가 호락호락하게 물러나겠습니까. 저는 충분히 승산이 있다고 여겼기 때문에 주선일보가 나섰다고 봅니다."

보영그룹의 김상춘 회장은 주선일보의 영향력을 인정하는
말을 했다.

"틀린 말씀은 아니지만, 이전과는 다른 싸움이 될 것 같습
니다. 강태수 회장이 연륜은 부족하지만, 나이에 맞지 않게 뚝
심이 있는 인물입니다. SCS 특집 방송을 볼 때 닉스홀딩스 쪽
도 적잖은 준비를 한 것 같습니다."

"만약 주선일보가 밀린다면 닉스홀딩스의 영향력이 더욱
확대될 것이 분명합니다. 국내에서 맞설 자가 없게 되는 것이
지요."

이대수 회장과 최용호 회장은 닉스홀딩스를 인정하는 듯한
말을 뱉었지만, 김상춘 회장은 주선일보가 가지고 있는 영향
력을 믿었다.

＊　　　　＊　　　　＊

SCS방송에 이어서 미래경제신문에서도 닉스홀딩스에 대한
기사를 시리즈로 다루었다.

평소 방송과 신문에 좀처럼 기사가 실리지 않던 닉스홀딩
스에 대한 궁금증이 조금씩 풀어지는 기사였다.

닉스홀딩스를 비롯한 계열사의 소개와 비전을 다루는 특집

기사였다.

세계를 주도해 나가는 회사들의 활약상이 SCS 특집 방송보다 더 자세하게 쓴 기사가 시리즈로 기획되어 나갔다.

그러자 SCS 특집 방송과 미래경제신문의 기사 내용을 인용한 다른 신문사도 닉스홀딩스에서 대한 기사를 내보냈다.

대한민국 국민이라면 자부심을 가질 수 있는 세계적인 기업들을 소유하고 있는 닉스홀딩스의 행보는 국내 기업들이 앞으로 나아가야 할 길이었다.

기사를 접한 국민들은 막대한 외화를 벌어들일 뿐만 아니라 세계적인 브랜드들과 싸워 당당히 세계 1위를 달성한 닉스홀딩스 산하 기업들에 찬사를 보냈다.

외환 위기에 따른 IMF 관리 체제로 인해서 주눅이 들고 기가 꺾였던 국민에게 강한 자부심과 자존감을 더없이 올려줄 내용이었기 때문이다.

닉스홀딩스를 볼 때 대한민국은 쓰러지지 않았고, 지금도 세계를 향해 앞으로 나아가고 있었다.

*   *   *

"놈은 어떻게 되었지?"

금발에 잘 어울리는 선글라스를 쓴 사내가 물었다.

"카로의 닉스소빈병원으로 옮겨졌습니다."

30대 후반으로 보이는 사내의 말에 특수부대 복장을 한 사내가 대답했다.

"곤란하게 되었군. 놈이 입을 열었나?"

"아직 그런 정황은 없습니다."

"올리버가 입을 열면 우린 더 이상 아프리카에서 활동할 수 없게 돼. CIA 놈들이 쫓겨난 것처럼 말이야."

금발의 사내는 담배에 불을 붙이며 말했다.

올리버가 사라진 BBC특별취재팀이라는 사실과 그의 위치를 영국의 MI6를 통해 전달받았다.

"올리버를 제거하겠습니다."

"그게 말처럼 쉽지가 않잖아. 모든 대원을 카로에 이끌고 간다고 해도 성공할 보장도 없고 말이야."

DR콩고의 카로에는 중부 아프리카 코사크 본부가 자리 잡고 있었다.

상시 5백 명의 규모의 전투 병력과 코사크에게 훈련을 받은 DR콩고 국립공원순찰대가 자리 잡고 있었다.

국립공원순찰대의 규모 또한 1천여 명에 달했다.

"다른 방법이 없지 않습니까?"

"맞아, 다른 방법이 없다는 것이 문제지."

"AX—2를 쓰겠습니다."

"중독성을 없앴다고는 하지만 어떤 부작용이 있는지 몰라. 런던에서 재규어가 부작용으로 자멸했다는 소리도 있어."

금발은 런던에 있는 닉스메리어트호텔 테러 사건에 참여한 재규어 부대에 대해 알고 있었다.

"올리버를 제거하기 위해서는 AX−2가 필요합니다. 그래야 돈을 받고 제대로 된 치료도 받을 수 있지 않습니까?"

탄자니아에서의 작업이 완벽하게 이루어지지 않았다는 이유로 데스엔젤은 돈을 받지 못했다.

"그래, 돈도 필요하고 치료제도 필요하지."

"반드시 성공하겠습니다. 이대로는 살아도 고통 속에 지내야 하니까요."

데스엔젤에 속한 대원들은 SAS를 은퇴한 후 여러 가지 후유증에 시달리고 있었다.

그중 하나가 전투 약물인 AX−1의 부작용이 심각하다는 것이었다.

초기 전투 약물인 AX−1은 전장에서의 공포를 억제하고 심신의 피로를 빠르게 회복시켜 통증을 둔화시켰다.

이와 함께 반사신경 강화는 물론 잠을 48시간 동안 자지 않아도 졸리지 않았다.

하지만 약물의 기운이 떨어진 이후 심한 무기력증과 환각, 환청에 사로잡히는 후유증이 나타났다.

AX—1을 경험한 대원 중 상당수가 은퇴 후에도 이러한 후유증이 지속되었다.

"마크, 살아서 만나자."

"물론입니다. 1억 달러의 돈을 써보지도 못하고 죽을 수는 없습니다."

"좋아, 기존에 세워둔 계획대로 움직인다. 루룸바시에서 인질 사태를 일으켜 코사크의 눈을 돌릴 때, 올리버를 처리한다."

데스엔젤을 이끄는 웨스콧은 성동격서(聲東擊西)의 전략을 세웠다.

DR콩고의 제2의 도시인 루룸바시에 있는 붐바호텔이 데스엔젤의 타깃이었다.

붐바호텔에 테러가 발생하면 카로의 코사크가 움직일 것이 분명했다.

*   *   *

"주선일보와 신한국경제 기자들의 노골적인 뇌물 요구는 어제오늘의 일이 아니었습니다. 녹음된 파일은 주선일보의 박노익 기자가 한 중소기업의 약점을 잡고 돈을 요구한 정황이 담겨 있습니다. 한번 들어보겠습니다."

―하수 처리를 제대로 하지 않으셨죠?

―예, 하수 처리 장치가 고장 나는 바람에…….

―뭐 그건, 그쪽 사정이고. 이대로 기사화되면 영업정지에다가 벌금까지 나올 것 같은데. 어떻게 하시겠어요?

―제가 어떻게 하면 되겠습니까?

―음, 우선 벌금 낼 돈으로 광고 하나 올리세요. 그러고 나서 다시 이야기하시죠.

―얼마짜리로 하면 되겠습니까?

―PR 광고로 해서 5백 정도면 적당하겠네요.

―저희가 요즘 사정이 어려워서…….

―하하하! 사장님, 이번 건 기사화되면 태일산업은 문 닫아요. 5백이면 그냥 껌값이에요.

―당장 5백만 원짜리 광고하기가 조금은 부담이 되어서요. 조금만 줄여주시면 안 되겠습니까?

―정 그러시면 특별히 이번만 봐드립니다. 하단 광고로 3백짜리 하시고, 1백만 원은 회식비나 지원해 주시죠.

―예, 알겠습니다.

"이뿐만이 아닙니다. 대둔동 아파트 건설현장에서 아파트 진입로 아스팔트 공사가 부실시공 된 것을 미끼로, 공사를 맡은 건설 현장 소장으로부터 3백만 원어치의 향응과 금품을 받은 사례도 있었습니다. 여기에 특정 기업 주식 정보를 사전에 입수한 후 차익 매매를 통해서 뇌물을 대신한 경우도 다반사였습니다."

"이거 정말 심각한데요. 한두 명의 기자가 불법적인 행위에 가담한 것이 아니라, 지금까지 확인된 기자만 12명이라면 보통 심각한 상황이 아닙니다."

"예, 뇌물을 요구하고 협박을 한 기자만 12명이지 경찰 조사가 이루어지면 더 많아질 것입니다. 언론사의 개혁이 시급히 필요한 시점입니다."

"이두용 기자, 수고했습니다. 오늘 밤 SCS의 사건과 진실에서는 뉴스에서 다 보여 드리지 못한 이야기가 방영될 예정입니다. 많은 시청 부탁드립니다."

SCS 뉴스에서 처음 제기된 주선일보와 신한국경제신문 기자들의 협박과 뇌물 요구는 시청자들의 큰 공분을 샀다.

더구나 SCS의 시사 다큐멘터리 프로그램인 '사건과 진실'에서는 기자들이 뇌물을 받는 모습과 노골적인 협박, 그리고 향응을 받는 장면을 적나라하게 보여주었다.

특히나 주선일보 기자들은 음주 운전과 뺑소니 사고를 저지르고도 별다른 이유 없이 사건이 종결되는 경우가 다반사였다.

특히나 특정 주식 정보를 미리 입수하여 주식 투자를 한 기자들은 자신들이 투자한 기업에 대해 노골적으로 유리한 기사를 작성했다.

사실 확인이 되지 않은 기사를 바탕으로 주가는 움직였고 뒤늦게 기사를 보고 뛰어든 일반 투자자들은 적잖은 피해를 보았다.

*　　　　　*　　　　　*

텅!

"이게 다 뭐냐?"

서주원 주필은 책상 위에 놓인 철제 필통을 집어 던졌다.

"죄송합니다. 이렇게까지 나올 줄 몰랐습니다."

편집국장인 박민석이 머리를 숙이며 말했다.

"어떡할 거야? 네 머릿속에서 나온 거니까, 책임져야지."

"닉스홀딩스에 대한 후속편을 준비하고 있습니다."

"후속편? 광고도 다 끊기고 서너 명은 들어가게 생겼는데, 후속편을 쓰면 해결되는 거야?

옆에 앉아 있던 주선일보 대표 박정호가 어이없다는 표정으로 물었다.

"여기서 저희가 밀리면 지금까지 쌓아놓은 주선일보의 결실이 자칫 흐트러질 수 있습니다."

박민석은 곤혹스러운 표정으로 말했다.

지금까지 주선일보를 이렇게까지 난처하게 만든 회사나 단체는 없었다.

쾅!

"시발! 그걸 말이라고 하는 거야? 제대로 일을 처리했으면 이렇게 되지 않았을 것 아냐?"

화를 참지 못한 박정호가 책상을 내려치며 말했다.

"닉스홀딩스가 SCS방송과 미래경제신문을 인수하리라고는 전혀 생각지 못했습니다. 더구나 이렇게까지 노골적으로 나올 줄은……."

"좋아. 그럼, 반격 카드가 뭐냐?"

서주원 주필이 최대한 침착한 표정으로 물었다.

자신까지 화를 계속 발산할 수는 없었다.

"신의주특별행정구에 대한 특혜와 북한 당국과의 농밀한 관계를 더욱 부각시켜 국부 유출에 대한 프레임을 씌우는 것입니다. 유출된 자금으로 북한은 무기를 만들고……."

박민석 편집국장의 이야기가 끝나기 전에 회의실 문이 열리며 한 사회부 부장인 송한준이 다급하게 들어왔다.

덜컹!

"큰일 났습니다. 검찰에서 직접 수사를 시작할 거라고 합니다."

"뭐냐? 검찰이 왜 나서. 경찰에서 애들 몇 명만 개인 비리로 수사하는 것 아니었어?"

박정호 대표가 벌떡 일어나며 물었다.

"자세한 건 확인해 봐야겠지만, 저희와 연관된 탈세 의혹에 대한 첩보가 들어갔다고 합니다."

"후! 첩첩산중이군."

서주원 주필이 콧잔등을 만지며 큰 한숨을 내쉬었다.

주선일보와 연관된 주선일보 기자들의 비리가 SCS방송과 미래경제신문, 그리고 몇몇 신문사에도 실리자 주선일보에 대한 여론이 급속하게 악화되었다.

여기에 주선일보의 거짓 기사들로 인해서 피해를 본 기업과 관계자들의 고소 행렬이 연이어 발생했다.

주선일보는 영향력 확대와 인위적으로 신문 부수를 늘리기 위해 일선 지국에 과다한 경비를 제공하고, 법적 한도를 훨씬 넘어서는 판촉 경품 제공 및 경쟁사 판매 인력 빼내기 등을 경쟁사보다 노골적으로 진행했다.

특히나 신문 지국의 신문 부수 유지비, 부수 확장비, 판촉물 지원비, 특별 격려금, 지국 성장 지원비 명목 등으로 자금을 지원하는 과정에서 상당한 비자금을 만들었다.

이러한 비자금이 정치권으로 흘러들어 간 정황이 검찰에
포착된 것이다.

Chapter 13

"주선일보 측에서 회장님을 뵙고 싶다는 의사를 전달해 왔습니다."

김동진 비서실장의 보고였다.

"저를 만나고 싶다고요?"

"예, 난처해진 주선일보가 화해를 요청하는 것 같습니다."

"후후! 자신들이 유리하면 끝까지 물고 늘어지고 불리하면 화해를 요청한다. 주선일보는 세상을 아주 편하게 살아왔나 봅니다."

"여론이 크게 악화하자 주선일보의 판매 부수도 상당히 떨어진 것 같습니다. 경쟁 신문사에 시장 점유율 1위를 내어주었습니다."

연일 터져 나오는 주선일보의 비리와 강압적인 횡포 사건은 국민들의 눈살을 찌푸리게 했다.

이러한 보도를 주도적으로 이끈 것은 SCS방송과 미래경제신문이었고, 주선일보의 경쟁 관계에 있던 신문사들도 동참하자 주선일보는 더욱 코너에 몰렸다.

결국, 신문 판매 부수 1위를 내주고 말았다.

"이 나라를 위해서도 주선일보의 영향력을 축소시켜야 합니다. 당분간은 만날 의사가 없다고 전하십시오. 닉스홀딩스가 어떠한 곳이라는 것을 확실히 주지시켜야 하니까요."

"예, 그대로 전하겠습니다."

김동진 비서실장이 나가자 SCS방송과 미래경제신문을 이끄는 닉스미디어의 총괄대표인 박명준이 들어왔다.

닉스미디어는 방송뿐만 아니라 인터넷 포털 업체인 네티앙을 인수하여 콕스(COX)라는 인터넷 포털을 만들었다.

"이제 좀 적응이 되셨습니까?"

"업무 파악을 하려면 좀 더 시간이 걸릴 것 같습니다."

"하하! 짧은 기간임에도 불구하고 수선일보에게 제대로 한 방 보여주셨습니다."

"하하하! 회장님께서 적극적으로 지원해 주셨기 때문입니다. 저도 주선일보가 그 정도로 막무가내인지 몰랐습니다."

"아무리 맑은 물도 흐르지 못하고 오랫동안 고여 있으면 썩게 마련입니다. 국민이 부여한 힘을 올바른 곳에 쓰지 못한 채 권력과 권위만을 좇은 결과이지요."

"주선일보가 회장님을 제대로 파악하지 못한 것 같습니다. 그랬다면 이런 식으로 나오지 않았을 것입니다."

"차라리 몰랐다는 것이 다행입니다. 주선일보는 여전히 한종태를 대통령으로 만들려고 하니까요. 그래야만 자신들의 권력을 더한층 강화할 수 있다는 것을 잘 알고 있습니다. 이참에 주선일보의 날개를 확실히 꺾어놓아야만 합니다."

"예, 비서실에서 건네준 자료만으로도 주선일보는 상당 기간 정신을 차리지 못할 것입니다."

"주선일보나 다른 언론사들로 인해서 닉스홀딩스가 나아가고 있는 방향이 흔들려서는 안 됩니다. 지금 이 시기는 정말로 대한민국에 중요한 때입니다."

"예, 회장님이 계획하신 뜻대로 닉스홀딩스가 나아갈 수 있도록 닉스미디어가 최선을 다해 돕겠습니다."

"열심히 해주시리라 믿습니다. 소빈뱅크에서 7억 달러를 닉스미디어에 투자할 것입니다. 원하시는 대로 마음껏 해보십시오."

"하하하! 감사합니다. 회장님이 바라시는 최고의 방송으로 거듭나도록 하겠습니다."

내 말에 박명준 닉스미디어 총괄대표는 큰 웃음을 지으며 말했다.

박명준이 요구했던 5억 달러보다 2억 달러나 많은 금액이 투자되는 것이다.

*　　　*　　　*

일본 은행은 엔화의 환율을 진정시키기 위해서 350억 달러의 달러를 외환시장에 내다 팔았다.

이러한 일본 은행의 노력으로 달러당 83엔까지 떨어졌던 엔화는 90엔대를 회복했지만, 더 이상은 요지부동 움직이질 않았다.

엔화를 먹잇감으로 삼았던 환투기 세력이 쉽게 놓아주지 않았기 때문이다.

일본 엔화의 강세가 한동안 지속할 것이라는 예상으로 한국의 반도체와 자동차, 조선, 철강, 가전 등 일본과 경쟁을 하는 기업들의 수출 목표가 하나둘 상향되었다.

반도체의 경우 연초 수출 목표가 185억 달러를 예상했지만, 지금은 220~250억 달러 이상으로 변경되었다.

한국 반도체 수출의 80%를 장악하고 있는 블루오션반도체의 수출 물량도 최대 200억 달러를 바라보고 있었다.

블루오션반도체의 주력인 메모리 반도체의 가격이 회복되는 단계에 있었고, 또 하나의 축인 통신용 반도체의 매출도 확대되는 중이었다.

블루오션반도체는 이와는 별도로 미국 그래픽 반도체 업체인 엔비디아(NVIDIA)에 10억 달러를 투자하여 37%의 지분을 인수하여 최대 주주로 올라섰다.

엔비디아와 그래픽 칩셋은 앞으로 블루오션반도체에서 위탁생산하며 블루오션반도체에서 만들어진 64메가 DDR SD램을 엔비디아에 독점 공급하기로 했다.

일본 반도체 업체들은 엔화 강세의 여파로 올해 계획했던 반도체 생산량을 대폭 수정하는 상황에 놓였다.

이로 인해 올해 생산 계획을 잡아놓았던 128메가 D램 생산이 내년으로 넘겨졌다.

이 때문에 국가 단위의 메모리 반도체 수출에 있어 한국이 15년 만에 일본을 처음으로 눌렀다.

블루오션반도체의 세계시장 점유율은 31.6%였고, 그다음이 11.4%의 현대전자와 텍사스인스트루먼트사를 인수한 마이크론 순이었다.

세계 메모리 반도체를 호령했던 일본의 NEC와 도시바, 미쓰비시, 히타치, 후지쓰의 시장 점유율은 지속해서 하락하고 있었다.

작년 시장 점유율 2위를 차지하던 NEC는 매출이 44.7%가 줄었고 이 때문에 4위로 내려앉았다.

시장 점유율이 9%대로 떨어진 NEC를 필두로 다섯 개의 일본 반도체 회사의 시장 점유율은 33.2%로 블루오션반도체와 현대전자를 합한 43%에 현저하게 밀렸다.

이러한 격차는 시간이 갈수록 점점 더 벌어지기 시작했다.

일본 정부는 이러한 한국과의 격차를 줄이기 위해 NEC와 도시바 등 일본 반도체 기업 10개사와 함께 2천억 엔을 투자해 반도체 미세 가공과 설계 등 최첨단 반도체 기술 확보에 나서는 계획을 부랴부랴 세웠다.

하지만 엔화 강세는 이러한 계획을 점점 어렵게 만드는 요인으로 등장했다.

다시 말해 일본의 돈 가치가 올라가자 비싸진 일본 제품을 수입하는 나라에서는 대체 물품을 찾을 수밖에 없었다.

"먼저 램리서치와 도쿄일렉트론과 접촉하고 있습니다."

NS코리아를 이끄는 루이스 정 대표의 말이었다.

NS코리아는 인수 합병을 전문으로 하는 회사로 램리서치와 도쿄일렉트론(TEL)를 인수하기 위해 움직이고 있었다.

두 회사는 반도체 장비를 만드는 세계적인 회사들이다.

"TEL은 반도체 검사 장비와 반도체 공정에서 노광 장비에 의한 전사를 제외한 도포 현상(Coat and Develop), 식각(Etch) 등을 수행하는 장비들을 제작하고 있습니다. 특히나 실리콘 웨이퍼 기판 위에 절연체와 전도체를 등의 특수막을 입히는 반도체 전공정장비의 핵심 장비에 특화되어 있습니다. 램리서치는 반도체 식각(etch), 증착(ALD, CVD), 세정 장비 부문에서 두각을 나타내고 있습니다. 그중에서도 식각 장비 분야에서는 선두를 달리는 기업입니다."

블루오션반도체를 이끄는 최영필 대표이사의 말이었다.

"두 회사가 가장 가능성이 있는 것입니까?"

"예, 반도체 장비 시장에서 선두를 달리고 있는 어플라이드 머티리얼즈(AMAT)와 2위인 ASML을 인수하기 위해서는 걸림돌이 많습니다. 특히나 네덜란드 회사인 ASML은 저희를 무척 경계하고 있습니다. 선두 기업인 AMAT은 가격을 너무 높게 부르고 있습니다. 먼저 램리서치와 TEL을 인수한 후에 차근차근 접근하는 것이 좋을 것 같습니다."

인수 합병에 분야에서 최고로 손꼽히는 전문가 중의 하나인 루이스 정은 닉스홀딩스와 룩오일NY의 인수·합병을 이끌고 있었다.

여기에 베어스턴스의 M&A 인력을 흡수하여 NS코리아를 더욱 확대 발전시켰다.

"일본의 반도체 투자가 엔고로 위축되는 상황이라 TEL의 매출이 큰 폭으로 줄어들 것입니다. 저희에게 장비 수주를 기대하고 있지만, AMAT에 의뢰한다는 말에 장비 가격을 낮추려는 움직임을 보이고 있습니다. 대만에 대한 장비 수주도 예상보다 적어질 상황이라 TEL은 대규모 영업 적자가 불가피할 것입니다."

최영필 대표이사의 말이었다.

TEL은 적극적으로 블루오션반도체에 영업을 하고 있었다.

퀄컴의 인수로 세계 반도체 시장에서 인텔과 맞설 수 있는 위치에 올라선 블루오션반도체의 투자가 반도체 장비 회사들의 운명을 바꿀 정도로 커졌기 때문이다.

"작년에도 좋지 않았지요?"

"예, 작년에도 영업 적자를 기록했습니다. 아시아 외환 위기와 러시아의 모라토리엄의 여파로 반도체 회사들의 시설 투자가 눈에 보일 정도로 줄어들었기 때문입니다."

한국을 비롯한 대만과 일본, 미국 등의 반도체 회사들은 아시아 외환 위기와 미국 금융시장의 불안으로 인해 계획된 반도체 투자가 미루어지거나 축소되었다.

하지만 블루오션반도체는 그러한 영향에서 벗어난 모습을 보였다.

"그러면 램리서치보다는 TEL이 가능성이 크겠습니다."

"예, TEL이 더욱 긍정적인 신호를 보내오고 있습니다."

루이스 정이 답했다.

"미국 쪽은 퀄컴 인수 후 견제가 심해지고 있으니, 일본 쪽으로 눈을 돌리는 것도 괜찮겠지요. 향후 반도체와 통신 시장은 지금보다 더욱 확대될 것입니다. 우리의 투자도 지금보다 더 늘어날 것이고요. 그에 따른 반도체 장비 시장 또한 무시할 수 없을 정도로 커질 것입니다. 블루오션반도체가 장비 시장을 선도할 수 있도록 해야 합니다."

"좋은 결과를 회장님께 보여 드리겠습니다."

루이스 정은 자신감 넘치는 말로 답했다.

지금까지 그녀가 진행했던 인수·합병은 모두 성공적으로 끝마쳤다.

*　　　　*　　　　*

DR콩고 루룸바시에 자리 잡은 붐바호텔은 외국인들이 많이 투숙하는 호텔 중 하나였다.

DR콩고에 있는 2개의 5성급 호텔 중의 하나였고, 남아공의 최대 기업인 사솔(Sasol)이 투자한 호텔이다.

루룸바시는 구리 광산을 비롯한 광물자원을 바탕으로 한 다양한 공업 활동이 이루어지는 도시로 외국자본의 투자도 활발하다.

루룸바시 일대의 구리 광산에서는 전 세계 구리 매장량의 18%가 묻혀 있는 중앙 아프리카의 구리 벨트다.

"예약은 하셨습니까?"

"버나드 스미스로 예약했습니다."

"확인되셨습니다. 2개의 방을 예약하신 것 맞으시지요?"

"예, 맞습니다."

버나드 스미스 뒤로는 건장한 체격의 사내 네 명이 서 있었다.

"짐을 옮겨 드릴까요?"

버나드 스미스를 비롯한 네 명의 사내들은 배낭 외에도 커다란 가방을 양손에 들고 있었다.

"아닙니다. 저희가 들고 가겠습니다."

"5층 511, 512호실입니다. 엘리베이터는 우측에 있습니다."

호텔 종업원은 두 개의 키를 내주며 말했다.

객실을 안내해 주려고 하던 호텔 벨보이에게도 스미스는 괜찮다는 의사 표시를 했다.

7층 건물인 붐바호텔 오른편으로는 넓은 수영장이 펼쳐져 있었고 많은 사람들이 더위를 식히고 있었다.

"오늘 무슨 일이 일어날지도 모른 채 저리들 즐거워하는군."

객실의 창을 통해서 즐겁게 수영을 즐기는 사람들을 바라보며 스미스가 말했다.

"미래를 안다면 인생이 재미없을 것입니다."

"후후! 맞는 말이야. 얼마 뒤에 총을 맞는다는 것을 안다면 저리 즐겁지가 않을 테니까."

"그러고 보면 세상은 공평한 것 같습니다. 단지 먼저 죽느냐 나중에 죽느냐만 다를 뿐이지."

"오늘은 모두에게 공평함을 선물해 주는 날이야. 자! 이제부터 우리의 파티를 시작하자."

스미스의 말이 떨어지자 네 명의 사내는 커다란 가방에서 다양한 총기들을 꺼내 들었다.

다른 가방에서는 방탄조끼와 수류탄을 비롯한 탄창이 한가득 들어 있었다.

이들이 가지고 들어온 가방에서 나온 총기와 탄약은 호텔에 투숙한 모든 사람을 죽이고도 남을 물량이었다.

*   *   *

DR콩고에서 가장 활발한 도시로 알려진 카로는 활력이 넘쳤다.

수도인 킨샤사와 연결된 도로와 철도를 통해서 물자와 식량이 오고 갔고, 지금은 도로가 루룸바와도 연결되었다.

DR콩고의 남북을 연결하는 교통의 중심이 된 카로는 르완다와 부룬디, 그리고 탄자니아를 연결하는 중부 아프리카 횡단철도의 시발점이기도 하다.

그러다 보니 수많은 사람들과 물자들이 카로로 몰려들었다.

카로의 중앙역에는 오전 열차가 도착했다.

열차의 문이 열리자 잠비아에서 올라선 상인들부터 카로 지역에 있는 국립공원을 구경하기 위한 관광객들이 쏟아져 나왔다.

DR콩고가 안정화되고 치안이 놀랍게 좋아지자 DR콩고를 찾는 관광객이 급격하게 늘어났다.

열차에서 내리는 사람들 중 삼분의 일이 관광객으로 보일 정도로 카로를 찾는 관광객이 많았다.

들뜬 표정으로 카로를 찾은 관광객들을 맞이하는 여행사의 직원들은 사람들이 나오는 출입구 앞에서 이름이 적힌 팻말을 높이 들고 서 있었다.

그중 다니엘 튜터 일행이라고 쓰인 팻말을 든 여행사 직원 앞으로 14명의 남자들이 다가왔다.

"보와 여행사가 맞습니까?"

"예, 다니엘 튜터 씨와 일행분들이십니까?"

"맞습니다. 저를 포함해 14명입니다."

"무퀘게라고 합니다, 카로에 오신 걸 환영합니다. 저쪽으로 가시죠. 사파리 투어는 내일 아침에 시작될 것입니다. 호텔은 카로에서 최고로 손꼽히는 5성급 호텔인 닉스카로를 잡아놨습니다. 저희 보와 여행사가 아니면 할 수 없는 일입니다."

무퀘게는 수다쟁이 앵무새처럼 신이 나 떠들었다.

14명의 관광객들은 보와 여행사에 제일 비싼 투어를 신청했다.

"고맙소."

다니엘은 무심한 어투로 말했다.

다니엘의 뒤를 따르는 13명의 남자들도 들뜬 표정의 관광객들과는 달라 보였다.

그들 모두 상당한 짐이 들어 있는 듯 보이는 배낭과 가방을 들고 있었다.

"카로는 다들 처음이시죠?"

"처음입니다."

"카로에서 기대하신 것 이상의 즐거움과 기쁨을 느끼실 것입니다. 저 차에 오르시면 됩니다."

무퀘게가 가리킨 것은 20인용 미니버스였다.

"후후! 나도 그런 즐거움을 위해 카로에 온 것이오."

미니버스에 맨 마지막으로 오른 다니엘은 무쾌게에게 10달러를 건네며 말했다.

"감사합니다. 최선을 다해 모시겠습니다."

무쾌게는 미화 10달러를 받아 들자 세상을 다 얻은 것처럼 기뻐하며 고개를 깊숙이 숙였다.

한 달 월급의 절반을 팁으로 받은 것이다.

DR콩고의 경제가 좋아지고는 있지만 1인당 GDP가 아직은 미화 200달러를 간신히 넘어설 뿐이다.

"출발!"

무쾌게는 차에 오르자마자 기쁜 소리로 외쳤다.

*　　　　　*　　　　　*

카로에 있는 코사크 중부 아프리카 본부에는 코사크 정보 센터 지부도 함께하고 있었다.

25명의 대원들은 러시아연방안전국(FSB) 소속 요원들과 함께 중부 아프리카 국가들에서 일어나는 일들을 감시하고 정보를 수집했다.

러시아에서 파견한 FSB 요원들은 17명이었다.

아프리카에서 CIA에 밀렸던 FSB는 코사크의 도움으로 중부 아프리카에 확실히 자리를 잡았다.

카로에는 6명의 FSB 요원이 활동하고 있었다.

"우연히 카로역에서 본 마크브르입니다. 영국 SAS 소속으로 이라크전쟁에 파견되어 여러 건의 작전에 성공했습니다. 영국의 보스니아 작전에도 MI6와 연계해 활약했었던 인물이기도 합니다. 보스니아에는 저희 쪽 요원들과도 충돌이 있었습니다."

FSB 아프리카 요원인 세멘노프의 말이었다.

세멘노프는 DR콩고에 오기 전 유럽 담당 요원으로 영국 MI6에 연관된 업무를 진행했다.

그가 가진 정보 분석 프로파일에 마크브르가 들어 있었다.

"마크브르는 아직도 SAS에 속해 있는 건가?"

코사크 카로 정보 센터를 이끄는 올렉은 세멘노프에게 물었다.

세멘노프는 FSB 소속이었지만 카로 정보 센터에 중요 정보를 제공하고 있었다.

코사크는 FSB에 막대한 영향력을 가지고 있었고, 러시아 정부의 간섭에서 최대한 벗어난 독립적인 형태로 움직일 수 있게 도움을 주었다.

FSB에는 비밀리에 코사크의 자금이 유입되고 있었다.

"이라크에서 돌아오자마자 은퇴한 것으로 알고 있습니다. 이라크에서 벌인 작전 중 하나가 잘못되어 이라크의 어린아이와 여자들이 대거 희생되었습니다. 언론에는 노출되지 않았지만, 그때의 충격이 크게 영향을 받은 것 같습니다."

"흠, 그런 인물이 카로에 나타났고, 혼자가 아니라는 것이 문제군."

"14명의 건장한 사내가 관광을 위해 카로를 찾았다는 것도 뭔가 맞지 않는 그림입니다."

카로중앙역에서 찍힌 사진들을 바라보며 코사크 정보 분석 대원인 레오니드가 한 말이었다.

"그렇다면 그들이 뭘 노리고 카로를 찾은 것일까?"

"카로에는 특별히 노릴 만한 것이 없습니다. 만약 우리를 노린다면 더 많은 인원이 필요할 텐데요."

500명의 코사크 대원들이 상주하고 있는 곳을 14명으로 노린다는 것은 논리적으로 맞지 않았다.

"맞는 말이야. 마크브르가 용병 단체에 소속되어 있나?"

"별도로 소속된 곳은 없지만, 데스엔젤이라고 SAS에서 은퇴한 인원들이 만든 단체가 있습니다. 필요에 따라서 경비 업무와 호송 업무를 맡기도 한다는 소리를 들었습니다."

"전투 임무는 배제된 것인가?"

"아직까지는 데스엔젤이 분쟁 지역에서 활동한다는 소리는 없었습니다."

세멘노프의 말이었다.

데스엔젤은 아프리카와 중동 등 분쟁 지역에서 활동한 적이 없다는 것이 안심되는 일이었다.

"현재 놈들의 위치는?"

"닉스카로에 여장을 풀었습니다."

"일단 놈들이 카로를 떠날 때까지 감시하는 것이 좋겠어."

"예, 정말 관광을 위해 카로를 방문했을 수도 있으니까요."

"그건 그렇고. 올리버에게서 나온 것이 있나?"

"학살을 자행한 인물들에 대해서는 잘 모르는 것 같습니다. BBC팀과 접촉한 인물이 영국식 영어를 썼다는 말을 했습니다. 그리고 코사크 타격대가 카좀보에서 처리한 놈들은 처음 보는 인물들이라고 했습니다."

올리버는 충격에서 벗어나 조금씩 자신이 겪었던 악몽에 관해 이야기했다.

"흠, 영국 정부는 아직 올리버에 대해서 파악하지 못했겠지?"

"예, 시체로 발견된 BBC특별취재팀만 오늘 저녁에 영국으로 운송할 예정입니다."

"확실한 정보를 파악한 후에 공식 발표를 하면 되겠군. 본부에서 BBC나 다른 언론사에도 손해배상에 대한 소송을 진행할 것이라고 했으니까."

확인되지 않은 BBC 방송으로 인해 코사크의 이미지가 크게 실추되었다.

더구나 BBC특별취재팀의 시체가 코사크에 의해서 발견되었는데도 코사크에 대한 의심을 거두지 않고 있었다.

Chapter 14

　붐바호텔에 자리를 잡은 버나드 스미스 일행은 모든 준비를 마쳤다.

　L85A1 돌격소총과 MP5 기관단총으로 무장했고, 각자의 배낭에는 총탄이 가득 찬 탄창이 들어 있었다.

　"샌더슨은 7층을 정리하고 패트릭과 맥은 호텔 정문에 폭약을 설치한다. 나와 워커는 수영장을 처리한 후에 인질을 데리고 7층에 합류한다. 코사크가 카로를 벗어났다는 소식이 전해지면 키푸쉬를 거쳐 잠비아로 넘어갈 것이다."

이들의 임무는 카로에 있는 코사크 타격대와 전투부대를 끌어들이는 역할이다.

붐바호텔에 머물며 항전할 필요는 없었다.

키푸쉬는 잠비아와 연결된 국경도시다.

"DR콩고 경찰과 수비대의 눈먼총알만 조심하면 작전은 순조로울 것이다. 다시 한번 말하지만, 부상자는 데려가지 않는다."

스미스의 말에 네 명의 사내는 고개를 끄덕였다.

동료의 짐이 될 수 없다는 것을 이들은 잘 알고 있었다.

"물론입니다."

스미스 다음으로 나이가 많은 샌더슨이 대답했다.

"좋아, 시작한다."

이마에 걸친 선글라스를 내려 쓴 스미스의 말이 떨어지자 네 명의 사내는 호텔 방을 나섰다.

드르륵!

호텔 복도에 나서자마자 소음기가 장착된 MP5 기관단총이 불을 뿜었다.

앞방에서 나오던 사내가 놀란 표정으로 그대로 뒤로 넘어갔다.

이어진 총소리는 맥의 총구에서 들려왔다.

타다탕!

호텔 고객의 룸서비스를 위해서 음식을 들고 오던 호텔 직원이 벌러덩 넘어갔다.

우당탕!

음식 접시가 호텔 복도에 떨어지면서 요란한 소리를 냈다. 그 소리에 문을 열고 나오는 십 대 소년에게도 거침없는 총알 세례가 퍼부어졌다.

타다타탕!

으아악!

자기 아들이 총에 맞아 쓰러지는 모습을 지켜본 아버지에게도 총알은 날아갔다.

갑자기 들려온 총소리와 비명 소리에 호텔 직원들과 고객들은 어리둥절한 표정으로 소리가 들려온 쪽으로 고개를 돌렸다.

그때 스미스와 워커가 호텔 로비에 나타났다.

로비에 있던 사람들은 총을 든 두 사람을 확인하자마자 비명을 지르며 달아나기 시작했다.

드르르륵! 타다다탕!

두 사람은 달아나는 사람들을 향해서 무차별적으로 총격을 가하기 시작했다.

루룸바시에 비상이 걸렸다.

루룸바시의 대표적인 호텔인 붐바호텔에 괴한들이 난입해 사람들에게 무차별적으로 총격을 가했다는 소식이 전해진 것이다.

더구나 신고를 받고 출동한 루룸바시의 경찰들이 괴한들이 설치한 폭발물에 의해 상당한 피해를 보았다.

루룸바시의 경찰과 보안대가 출동했지만 중무장한 테러리스트들은 호텔의 직원과 고객들을 방패 삼아 경찰과 보안대를 상대했다.

테러에 대한 경험과 대처 능력이 떨어지는 경찰과 보안대는 우왕좌왕하면서 피해를 키울 뿐이었다.

*   *   *

"루룸바시에 테러가 발생했습니다. 은품바 내무장관이 코사크 타격대에 출동을 요청해 왔습니다."

"테러라니? 그게 무슨 소리야?"

코사크 중부 아프리카 본부를 이끄는 요스포브가 부관의 말에 놀라 물었다.

"붐바호텔에 괴한들이 난입하여 호텔에 투숙한 사람들과 직원들에게 무차별 총격을 가했다고 합니다. 신고를 받고 출동한 경찰과 보안대도 큰 피해를 당했다고 합니다."

"경찰과 보안대도 당했다고?"

요스포브와 이야기를 나누고 있던 정보 센터의 올렉 실장이 되물었다.

"예, 호텔 내에 설치된 폭발물과 부비 트랩에 당했다고 합니다. 인질을 잡고서 대치 중이라 현지 경찰과 보안대가 처리하기 힘든 상황인 것 같습니다."

"짧은 시간에 폭발물을 설치할 정도면 일반적인 테러리스트는 아닌 것 같습니다."

"흠, 준비를 단단히 하고서 움직였다는 것인데. 놈들이 원하는 것은 무엇이지?"

올렉의 말에 요스포브가 고개를 끄떡이며 물었다.

"아직 요구 상황이 전달되지 않은 것 같습니다."

"혹시 뇨로로 지역의 학살과 연관된 놈들이 아닐까요?"

"잠적했던 놈들이 갑자기 모습을 드러내고 테러를 자행한다. 뭔가 이상하지 않나?"

부관의 말에 요스포브가 의구심을 나타냈다.

뇨로로에서 발생한 학살 사건 범인들에 대한 추적은 계속되고 있었다.

하지만 올리버를 구하기 위한 전투 이후 범인들로 추정되는 용병들은 모습을 감추었다.

"잠깐! 테러가 발생한 곳이 붐바호텔이라고 했나?"

카로 정보실장인 올렉의 목소리가 커졌다.

"예, 붐바호텔에서 발생했습니다."

"이제야 확실히 알겠습니다. 놈들이 우릴 카로에서 떠나게 하려는 것입니다."

"그게 무슨 말이지?"

"닉스카로에도 테러범들과 연관된 놈들이 투숙했습니다. 놈들은 어제 카로에……."

올렉은 카로의 5성급 호텔인 닉스카로에 투숙한 마크브르와 일행에 대한 이야기를 꺼내놓았다.

*   *   *

사자와 코끼리가 그려진 미니버스 안에는 13명의 건장한 남자들이 모여 있었다.

버스 안에는 운전대에 고개를 박고 있는 운전사와 사파리 안내를 맡았던 무퀘게가 목이 꺾인 채 의자 아래에 처박혀 있었다.

"붐바호텔에서 작전이 시작되었다."

마크브르가 손목시계를 보며 말하자 12명의 인물들은 긴장한 표정이 역력했다.

카로에서 작전이 시작되면 이들의 운명은 정해져 있기 때문이다.

14명 모두가 카로에서의 작전을 스스로 자원했고 돌아갈 수 없다는 것을 잘 알고 있었다.

"사이먼의 연락이 오면 곧장 닉스소빈병원으로 돌입한다."

사이먼은 코사크의 움직임을 살피기 위해 사파리에 동행하지 않았다.

"올리버가 있는 위치가 정확하지 않은 것이 마음에 걸립니다."

"움직이는 것은 모두 죽이고 병원을 날려 버리면 된다."

마크브르의 말에 더는 질문을 던지는 대원이 없었다.

*　　　　*　　　　*

"놈들의 위치는?"

"사파리에서 돌아오지 않았습니다."

"미행을 붙이지 않았나?"

"노출될 수 있는 장소라 따라붙지 못했습니다. 대신 국립공원순찰대가 따라붙었습니다."

나무가 없는 초원 지대이기 때문에 코사크의 움직임이 고스란히 노출된다.

하지만 국립공원을 관리하는 국립공원순찰대는 의심을 사지 않고 움직일 수 있었다.

더구나 마크브르 일행이 붐바호텔의 테러범과 연계되었다는 증거가 아직은 없었다.

"좋아, 계획대로 진행한다."

요스포브 코사크 중부 아프리카 본부장의 명령이 떨어졌다.

카로에 있는 코사크 중부 아프리카 본부는 분주했다.

중무장한 병력들이 차례를 기다리며 수송헬기에 올라서고 있었다.

헬기장에 있는 여섯 대의 헬기 중 다섯 대가 이동하기 위해 프로펠러를 힘차게 돌렸다.

이러한 모습을 멀리서 망원경으로 지켜보던 한 사내가 손에 든 무전기를 켰다.

"독수리가 둥지를 떠나고 있다."

*   *   *

"놈들이 움직였다. 우리도 시작한다."

마크브르의 말에 미니버스가 카로를 향해 움직이기 시작

했다.

미니버스가 움직이자 근처에서 야생동물을 살피던 국립공원 순찰 지프도 서둘러 시동을 걸었다.

미니버스를 따라가려고 움직이던 그때였다.

순찰 지프가 막 좌회전을 하며 미니버스를 꽁무니를 따라 잡으려고 할 때, 미니버스가 갑자기 멈춰 섰다.

"뭐지?"

운전대를 잡고 있던 에예게가 의구심을 나타내며 브레이크를 밟았다.

"차가 고장 났나?"

옆자리에 앉은 시무사가 망원경을 들며 말했다.

사파리를 진행하는 관광 차량들은 대다수가 중고차들이라 고장이 잦았다.

그때였다.

미니버스의 뒷문이 열리며 한 사내가 러시아제 RPG—7 대전차 로켓 발사기를 순찰 지프에 겨냥했다.

붕— 쉬!

발사음과 함께 로켓이 순찰 지프로 향했다.

"어? 차를 돌려!"

쾅!

시무사의 다급한 외침과 함께 순찰 지프는 강력한 폭발에

휩싸였다.

*　　　　*　　　　*

여의도에 우뚝 선 닉스홀딩스 본사 건물 57층에 마련된 회
장실에서 보이는 한강은 오늘도 유유히 흘러가고 있었다.

닉스홀딩스가 재계 순위 5위로 알려졌지만 이젠 그 순위를
누구도 믿지 않았다.

"루룸바시의 테러에 이어 카로에도 심상치 않은 인물들이
나타났다고 합니다."

김만철 경호실장이 다급하게 회장실로 들어오며 말했다.

"붐바호텔의 테러리스트와 연계된 인물들입니까?"

"확인 중에 있다고 합니다."

"흠, 탄자니아에 이어 테러가 없었던 DR콩고까지 테러를 일
으킨다. 의심 가는 인물들의 움직임을 철저히 감시하라고 전
하십시오. 그리고 지휘관의 판단하에 선제 타격도 고려하라
고 하십시오."

느낌이 좋지 않았다.

이유가 없는 주민 학살에 이어서 붐바호텔 투숙객과 직원
들을 향한 무차별적인 테러가 발생한 것이다.

"예, 곧장 전하겠습니다."

"잠깐! BBC의 올리버는 안전한 상태이지요?"

회장실을 나가려는 김만철 경호실장을 불러 세워 물었다.

"닉스소빈병원에서 안전하게 보호되고 있습니다. 코사크에서 병원에 대한 경비를 더욱 강화한 상태입니다."

"알겠습니다. 새로운 정보가 들어오는 대로 알려주십시오."

"예."

짧게 대답한 김만철 경호실장은 서둘러 회장실을 나갔다.

"붐바호텔의 테러는 뭔가 석연치 않아……."

생각 같아선 카로로 날아가 현장을 살피고 싶었다.

현장에서 보고 듣는 느낌이 다르기 때문이다.

중부 아프리카 횡단 철도가 곧 완공되는 시점에, 계속된 문제들이 탄자니아와 DR콩고에서 터져 나오는 것은 좋지 않은 일이었다.

Chapter 15

"놈들의 뒤를 따르던 국립공원순찰대원과의 연락이 끊겼습니다."

"시간은 얼마나 됐지?"

코사크 정보대원인 시린스키의 말에 요스포브 코사크 중부 아프리카 본부장이 되물었다.

"20분입니다. 늦어도 10분 단위로 보고하게 되어 있었습니다."

"놈들이 카로로 돌아왔나?"

"타고 나갔던 보와 여행사 차량은 들어오지 않았습니다."

"흠, 들어오지 않았다."

뒷짐을 지고 뭔가를 잠시 생각하던 요스포브가 입을 열었다.

"사바나에 나갔던 다른 관광 차량은 카로로 모두 들어왔나?"

"바로 확인해 보겠습니다."

시린스키는 요스포브 본부장이 무엇을 말하는지 바로 알아챘다.

5분 정도 지난 후에 시린스키가 급하게 작전실로 들어왔다.

"관광을 나갔던 다섯 대 중에 네 대가 들어왔습니다. 들어오지 않은 차량은 보와 여행사 차량뿐입니다."

"탑승했던 관광객들을 확인해 봐. 만약 놈들이 우리가 감시한다는 것을 알아챘다면 다른 차량을 탈취했을 가능성도 있으니까.

보와 여행사의 미니버스만이 감시 대상이었다.

"알겠습니다."

시린스키가 급하게 작전실을 나갔다.

"헬기는 모두 떠났나?"

"예, 다섯 대 모두 출발했습니다."

작전참모인 안드레이가 대답했다.

"타격대는?"

"탄자니아에 있는 2개 팀 모두 루룸바시로 향했습니다."

"분명 우리를 감시하는 놈을 남겨놓았을 거야."

"우리를 지켜보았다면 카로에 머무는 타격대가 루룸바시로 향하는 것으로 판단했을 것입니다."

카로에 있는 타격대 2개 팀은 루룸바시로 떠나지 않았다.

헬기에 올라탄 인원들은 코사크 타격대의 복장으로 위장한 전투대원들이었다.

코사크 타격대원과 전투부대원의 복장과 장비는 달랐다.

"좋아, 놈들이 그물에 들어올 때까지 기다린다."

요스포브 본부장은 석양이 서서히 지고 있는 카로의 전경을 바라보며 말했다.

어느 때보다 붉게 물들어가는 노을이 카로의 하늘을 서서히 덮고 있었다.

*　　　　*　　　　*

가람비 여행사 차량에 탑승했던 11명의 관광객은 카로에서 5km 떨어진 분지에서 모두 시체가 되어 버려졌다.

이들은 하늘에서 빙빙 도는 독수리를 보고 찾아온 국립공원순찰대에 발견되었다.

"가람비 여행사 차량에 탑승했던 관광객들이 시체로 발견되었습니다."

코사크 정보대원인 시린스키가 다급한 목소리로 전했다.

"우려가 현실로 벌어졌군. 놈들이 카로에 들어온 것이 확실해졌다. 경찰과 국립공원순찰대에도 놈들을 체포하라는 명령을 전달해."

"알겠습니다."

요스포브의 지시에 작전실의 분위기가 달라졌다.

"놈들이 동시다발적인 테러를 일으킬 수 있습니다."

카로 정보 센터를 이끄는 올렉의 말이었다.

"호텔과 병원 코사크 본부에 병력을 추가 배치 한다. 타격대의 위치는?"

"닉스소빈병원과 닉스카로호텔에 배치했습니다."

"좋아, 놈들이 노리는 것이 올리버라면 쳐놓은 그물에 걸릴 것이다."

카로와 모스크바에 있는 코사크 정보 센터가 내린 결론은 올리버였다.

루룸바시의 테러와 카로에 잠입한 테러범들의 연관성은 닉스소빈병원에 입원한 BBC 음향 기술자인 올리버를 노리는 것밖에는 없었다.

코사크 중부 아프리카 본부가 있는 카로에서의 테러는 목숨을 버리는 일이기 때문이다.

닉스소빈병원이 내려다보이는 건물에 자리 잡은 마크브르는 시계를 보았다.

경비가 삼엄한 병원을 기습하기 위해서는 양동작전이 필요했다.

"AX—2를 주사해."

마크브르의 말에 긴장한 대원들은 탄창이 가득 찬 방탄조끼에서 필통처럼 생긴 작은 상자를 꺼냈다.

상자에는 파란 주사제가 담긴 주사기 두 개가 나란히 들어있었다.

"두 개를 동시에 사용하면 고통에 더욱 무감각해진다. 선택은 각자에게 맡기겠다."

말을 마친 마크브르 또한 주사기를 꺼내 목과 허벅지에 연달아 주사를 놓았다.

그의 행동 때문인지 방 안에 있는 모든 사내들도 두 개의 주사제를 모두 사용했다.

두 개를 동시에 사용하면 부작용의 발생은 4배로 늘어난다.

"크흑! 끝내주는군."

"아! 몸이 날아갈 것 같습니다."

주사제가 몸속으로 투입되자마자 여기저기서 신음이 들려왔다.

몸에 들어간 주사제의 영향 때문인지 마크브르를 비롯한 사내들의 눈동자가 옅은 파란색을 띠기 시작했다.

SAS의 작전 중 크고 작은 부상으로 인해 은퇴 후 후유증에 시달렸던 데스엔젤의 인물들은 지금 슈퍼맨과 같은 히어로가 되었다는 기분에 사로잡혔다.

"동료가 쓰러져도 뒤돌아보지 마라. 목표물은 무조건 제거해야 한다. 목표물을 제거하면 계획대로 각자가 알아서 카로를 벗어난다."

마크브르의 말에 데스엔젤 대원들의 대답은 없었다.

그가 무엇을 이야기하는지 잘 알고 있기 때문이었다.

쾅!

마크브르의 말이 끝나자마자 강력한 폭발음이 들려왔다.

폭발음이 들려온 곳은 여행사들이 밀집해 있는 거리였다.

가람비 여행사의 미니버스에 설치된 시한폭탄이 터진 것이다.

"시작한다."

마크브르의 말이 떨어지자마자 옥상에 배치된 저격수가 방아쇠를 당겼다.

탕! 탕!

그러자 닉스소빈병원 정문에 있던 경비원 둘이 뒤로 넘어갔다.

*　　　　*　　　　*

닉스홀딩스에 대한 방송이 나간 이후 사람들은 닉스홀딩스에 대한 평가가 얼마나 부족한 것인가를 느꼈다.

닉스홀딩스 산하에 있는 기업들의 놀라운 성장세와 매출, 그 모든 것들이 국내에서 이루어진 것이 아닌 전 세계를 대상으로 해서 얻어낸 것에 사람들은 박수를 보냈다.

다른 기업들이 포기했던 자체 상표를 가지고서 북미와 유럽은 물론 아시아까지 세계 최고의 브랜드로 성장한 닉스를 필두로, 닉스제약은 세계 최초로 개발한 발기부전 치료제인 슈퍼비아를 통해서 세계 제약사에 한 획을 그었다.

모두가 성공 가능성을 부인하고 희박하다고 말한 분야에서 출발하여 세계 제일의 회사로 성장한 스토리는 감동을 주고 자부심을 느끼기에 충분했다.

SCS방송과 미래경제신문사에서 시리즈로 나간 닉스홀딩스에 대한 이야기로 인해, 해당 계열사들의 인지도와 호감도가 놀라울 정도로 올라갔다.

이와는 반대로 닉스홀딩스와 산하 기업에 대한 부정적인 기사를 내보냈던 주선일보와 신한국경제신문은 시민들에게 비판을 받고, 정기 구독자가 떨어져 나가는 기현상을 맞이했다.

여기에 닉스홀딩스 법무팀은 거짓 뉴스에 대한 책임을 물었다.

기업 이미지 실추에 따른 손해배상금을 한국은 물론 미국 현지 법원에도 제소했다.

미국 법인에 대한 잘못된 기사 내용으로 인한 손해배상이었다.

두 신문사의 위법적인 취재, 협박에 대한 자료와 증거를 바탕으로 한 것이라 승소 가능성이 컸다.

"변호사가 뭐래?"

주선일보 대표인 박정호가 신경질적으로 한기종 비서실장에게 물었다.

"미국에서의 재판도 쉽지 않을 것 같다고 합니다. 닉스홀딩스의 미국 재판을 담당하는 NS코리아의 변호사만 2백 명이 넘는다고 합니다."

"뭐? 변호사가 2백 명이 넘는다고?"

"예, NS코리아는 인수·합병을 전문적으로 하는 회사지만 기업 간의 법률적 분쟁에서도 큰 성과를 거두는 회사라고 합니다.

"허허! 우리나라 4대 로펌이 100명 내외인데, 200명이 넘는 로펌이 법률 자문을 맡았다. 국내도 문제지만 미국 쪽이 더 큰 일입니다."

주필인 서주원이 허탈하게 웃으며 말했다.

국내 4대 로펌인 태평양, 김&장, 세종, 한미에 속한 변호사들의 숫자가 각각 100명 내외로 움직였다.

NS코리아는 변호사만 248명이었고, 컴퓨터 테크놀로지, 신약 개발, 기계공학, 정보 통신, 회계 등 다양한 분야에서 변호사에게 조언을 해주는 리걸 어시스턴트(Legal Assistant)도 1백 명에 달했다.

"손해배상을 얼마나 요구한다는데?"

"그게, 1억 달러 이상의 손해배상 금액을 청구할 거라는 이야기가 흘러나온다고……"

"뭐? 1억 달러!"

한기종의 말에 박정호 대표의 눈동자가 놀란 송아지처럼 커졌다.

"아직 구체적인 금액은 알려지지 않았지만, NS코리아 측이 우리 쪽 변호사에게 흘린 금액이라고 합니다."

"아! 정말, 미치겠네."

박정호는 이마에 손을 얹으며 소파에 몸을 기대었다.

엎친 데 덮친 격으로 주선일보는 검찰의 수사와 함께 세무
조사까지 받고 있었다.

주선일보의 인맥을 총동원해 최소한으로 피해를 줄이려고
하는 상황에서 소송전에 휘말리게 된 것이다.

"좋지 않아. 어떡하든지 강태수 회장을 만나야겠습니다."

"만나줘야죠. 우릴 거들떠보지도 않는데."

서주원 주필의 말에 박정호는 정색하며 말했다.

"우선 화해의 의미로 닉스홀딩스에 대한 우호적인 기사를
내보내도록 합시다. 소나기는 피해야 하니까."

"아! 시발, 한 번도 이런 적이 없었는데……. 이건 정말 치욕
입니다."

"한종태가 대통령이 되면 모든 것이 달라집니다. 그러기 위
해서서 지금은 우리가 참아야 합니다. 대산의 이대수 회장과
친분이 있다고 하니까, 그쪽에다가 도움을 청하도록 하겠습니
다. 저와 대표님하고 가서 사과하는 거로 생각하시죠."

"꼭 그래야 합니까?"

누구보다 자존심이 강한 박정호였다.

지금껏 어떤 일을 진행했어도 사과를 한 적은 단 한 번도
없었다.

오히려 자신이 잘못했어도 상대방이 사과할 정도로 주선일

보가 가진 힘이 막강했다.

"저도 대표님과 같은 마음입니다. 하지만 소송전으로 번지면 우리가 감당하기 힘들어집니다. 지금은 와신상담(臥薪嘗膽)할 때인 것 같습니다."

"후─ 우! 알겠습니다. 대신 강태수가 저에게 반드시 무릎 꿇고 사과할 수 있게 해주십시오."

"예, 꼭 그렇게 해드리겠습니다. 저도 이번 일로 배운 것이 많으니까요."

박정호의 말에 서주원 주필의 두 눈에 힘이 들어가는 것이 보였다.

서주원은 지금껏 자신이 뱉은 말을 모두 실현해 왔었다.

Chapter 16

타타다탕! 투두드드!

요란한 총소리가 여기저기서 들려왔다.

콰쾅!

우드드!

총소리에 이어서 폭탄이 터지자 지하실의 천장이 흔들렸다.

병원에 입원한 환자와 의사, 그리고 간호사들은 모두 지하실로 대피한 상태다.

이와 함께 움직일 수 있는 환자들은 다른 곳으로 옮겨놓은 상황이었다.

"이러다가 다 죽는 것 아닙니까?"

겁에 질린 외과 의사 정광호가 불안한 눈빛으로 말했다.

"설마, 그러기야 하겠어. 경비원에다 군인들도 출동했잖아."

닉스소빈병원에서 2년간 생활한 김유승이 말했다.

김유승은 치과 치료를 담당했다.

"김 선생 말처럼 너무 걱정하지 않아도 될 거야. 코사크 타격대가 병원 직원들로 변장해 곳곳에 배치되어 있었으니까."

닉스소빈병원에 3년 동안 근무한 최성민 과장의 말이었다.

그는 2년간의 근무 기간이 지났지만, DR콩고 생활에 만족하여 한국으로 돌아가지 않고 카로에 정착했다.

"코사크는 믿어도 되겠죠?"

"말이라고 해. 코사크는 전 세계에서 최고로 손꼽히는 부대야. 더구나 타격대는 최고의 특수부대라고……."

코사크와 타격대의 활약은 전 세계적으로 알려졌고 그만큼 원하는 곳이 많아졌다.

"병원 내부로 들어오지 못하게 해."

코사크 타격대 13팀을 이끄는 로프 팀장은 대원들을 독려했다.

"총을 맞아도 타격이 없습니다."

쾅!

데스엔젤 대원이 발사한 유탄이 2층을 타격했다.

2명의 코사크 전투대원이 폭발의 충격으로 뒤로 날아갔다.

"머리를 겨냥해!"

"너무 빨라서 맞히기가 쉽지 않습니다."

"저격수부터 처리해야 합니다."

외부에 숨어 있는 저격수로 인해 적잖은 코사크 전투부대원과 타격대가 당했다.

"12팀은 어떻게 된 거야?"

"곧 도착할 예정입니다."

"12팀에 저격수를 맡기고 우린 놈들을 처리한다. 절대 지하실로 내려가게 해선 안 돼."

로프 팀장은 주변에 있는 여섯 명의 타격대에게 말했다.

타다다탕! 드르르륵!

"아악!"

"흑!"

정문에서 가까운 별관 쪽에서 요란한 총소리와 함께 비명이 들려왔다.

별관에는 18명의 코사크 타격대와 전투대원이 있었다.

"지원부대가 오기 전에 빨리 뚫어!"

마크브르는 데스엔젤 대원들에게 소리쳤다.

정문으로 침입하는 과정에서 2명의 대원이 쓰러졌고 별관으로 난입하는 과정에서 1명을 더 잃었다.

외부에서 저격을 담당하는 2명을 빼면 9명으로 본관까지 진입해야만 한다.

"저항이 만만치가 않습니다. 놈들이 우리를 기다린 것 같습니다."

에디의 말처럼 정문에 들어서는 순간부터 총알 세례를 받았다.

저격수의 도움을 받지 못했다면 별관으로 진입하기도 전에 전멸했을 수도 있었다.

"이쪽은 시간이 걸릴 것 같습니다. 지붕으로 가시지요."

그리핀이 손가락으로 위를 가리키며 말했다.

별관에는 지붕으로 올라가는 문이 없다.

창문을 통해 물받이 통을 타고 지붕으로 올라가는 방법밖에는 없었다.

본관과 연결되는 2층 통로를 무작정 밀고 들어가다가는 전멸뿐이었다.

"좋아. 폴슨! 맥! 너희가 이곳에서 놈들을 최대한 붙잡아
놔."

마크브르의 말에 앞에서 총을 쏘던 두 사람이 고개를 끄떡
였다.

"나머지는 지붕으로 올라간다."

마크브의 말이 떨어지자 병실 안으로 들어간 대원들은 창
문을 열고 지붕으로 빠르게 올라갔다.

AX-2 주사제 때문인지 움직임들이 마치 날다람쥐처럼 빨
랐다.

닉스카로호텔에 머물던 코사크 타격대 12팀은 도착하자마
자 빠르게 닉스소빈병원 근처를 수색했다.

타다다탕! 쾅!

병원 내부에서는 계속해서 총소리와 수류탄이 터지는 소리
가 들려왔다.

"하나도 놓치지 마."

12팀을 이끄는 라브로프 팀장은 저격수가 숨어 있을 수 있
는 건물들을 손으로 가리키며 말했다.

15명의 코사크 타격대는 일사불란하게 3개의 건물을 향했
다.

"13팀이 버틸 수 있을까요?"

부팀장인 세르두코브가 물었다.

"우린 세계 최강이야. 병원에는 13팀 말고도 22명의 전투대원이 있잖아."

그때 무전이 들어왔다.

─병원에 침입한 놈들이 전투 약물을 사용했다.

"모두 들은 것처럼 제압할 수 없으면 머리를 노려라."

라브로프는 다시금 13팀에 무전을 보냈다.

코사크 타격대는 각자가 무전 연락이 가능한 무전기와 이어폰을 착용했다.

"세르두코브, 나머지 인원을 데리고 병원으로 진입해. 전투 약물을 썼다면 12팀이 곤란을 겪을 거다. 저격수를 처리한 후에 나도 합류하겠다.

"알겠습니다. 메딘스키 기관총과 산탄총을 챙겨."

세르두코브는 주변에 있던 8명의 대원들을 이끌고 병원으로 달려갔다.

쾅!

수류탄이 터지면서 전면에 있던 전투대원과 코사크 타격대원이 뒤로 날아갔다.

지붕을 타고서 본관에 들어온 데스엔젤의 움직임을 놓친

결과였다.

"놈들을 절대 위층으로 보내지 마!"

타격대 13팀을 이끄는 로프 팀장은 일부러 큰 소리로 외쳤다.

데스엔젤을 3층으로 유도하려는 뜻이 담겨 있었다.

타다다탕! 퍽퍽퍽!

챙그랑!

요란한 총소리와 함께 벽면을 장식했던 액자들과 시계가 떨어져 나갔다.

"홀레스! 길을 열어! 나는 렘브와 폴리를 데리고 위층을 향한다."

데스엔젤의 이끄는 마크브르의 말에 앞쪽에서 총을 쏘던 홀레스가 몸을 비호처럼 날리며 앞쪽의 병실로 난입했다.

다다타타탕! 타다탕탕!

요란한 총소리가 병실 안쪽에서 들려왔다.

병실로 난입하는 과정에서 홀레스는 어깨와 허벅지에 연달아 총을 맞았지만, 고통을 느끼지 못하는 것처럼 코사크 타격대에게 총을 난사했다.

드르륵! 드르르륵!

큭! 헉!

병실에서 버티던 2명의 타격대원이 뒤로 넘어갔다.

홀레스는 거기서 멈추지 않고 쓰러진 타격대원의 몸을 한 손으로 들어 올렸다.

80㎏이 넘어가는 타격대원을 한 손으로 들어 올린 것이다.

그러고는 타격대원을 방패 삼아 앞으로 나아갔다.

"인간이 아니군. 비탈리! 놈을 날려 버려!"

타격대 13팀의 부팀장인 소로킨이 뒤쪽에 있는 대원에게 소리쳤다.

"바짐이 놈의 손에 있습니다."

"정신 차려! 놈을 막지 못하면 바짐이 아니라 우리가 전멸해!"

"알겠습니다."

비탈리는 재빨리 RPG-7을 손에 들었다.

그때 다시금 홀레스가 총을 난사했다.

드르르륵!

"큭!"

짧은 신음성과 함께 비탈리가 어깨를 잡고 쓰러졌다.

그러자 소로킨이 몸을 날리며 RPG-7 휴대용 로켓 발사기를 잡았다.

"잘 가라! 괴물아!"

부—슝!

콰—앙!

강력한 폭발음과 함께 거침없이 다가오던 홀레스가 흔적도 없이 사라졌다.

그러는 사이 데스엔젤을 이끄는 마크브르가 네 명의 부하를 데리고 3층에 도착했다.

그런데 강력한 반격이 있을 것으로 생각했던 3층은 고요했다.

"이런! 당했군."

마크브르가 고개를 돌려 창밖을 바라볼 때였다. 수백 명의 병력이 병원을 감싸는 것이 보였다.

"놈들이 우릴 포위했습니다."

"으하하하! 웰케스, 두렵나?"

"아닙니다."

"우린 아직 임무가 끝나지 않았다. 데스엔젤은 지옥에서조차 임무를 완수할 수 있어야 한다."

"물론입니다."

웰케스의 뒤쪽에 있던 심프슨이 자신 있게 대답했다.

"좋아! 우린 이미 지옥행 티켓을 끊었다. 우리와 동행할 올리버를 반드시 처리한다."

"옛!"

마크브르의 말에 네 명의 부하들은 일제히 그에게 짧은 대답과 함께 경례를 건넸다.

                    *   *   *

　여의도에 자리 잡고 있는 닉스홀딩스 본사 빌딩은 직원들
이 퇴근하여 대부분 전등불이 꺼졌지만, 회장실이 있는 57층
은 불이 환하게 켜져 있었다.

　카로에 있는 닉스소빈병원이 테러범들에 의해 공격을 당했
다는 소식이 전해졌기 때문이다.

　"환자들과 직원들의 상황은 어떻게 되었나?"

　"이동이 불편한 환자들 외에는 사전에 퇴원을 시켰습니다.
직원들과 환자들은 지하실에 있는 시체 보관소와 약품 창고
에 대피한 상황입니다."

　서울에 도착한 코사크 정보 센터장인 쿠즈민의 보고였다.

　카로의 닉스소빈병원은 대피소가 없었고 만들 필요성도 없
었다.

　"놈들을 격퇴한 건가?"

　"아직 전투 중이라고 보고받았습니다. 병원을 공격한
테러범들이 런던의 닉스메리어트호텔 테러 때처럼 놀라운
반사 능력과 함께 총에 맞아도 움직임을 멈추지 않는다고

합니다.”

영국 런던에서 발생한 테러에서 전투 약물을 사용한 인물들이 처음 모습을 드러냈었다.

“약물을 사용한 놈들이라. 이번 건도 이스트에서 저지른 일이 아닐까?”

“그럴 가능성이 충분합니다. 영국 SAS를 퇴역한 인물들의 모임인 데스엔젤을 이용한 것으로 보아도 이스트가 관여했을 가능성이 가장 큽니다.”

“웨스트가 잠잠하니까, 이젠 이스트가 작정하고 달려드네요.”

김만철 경호실장의 말이었다.

“놈들이 차지하려고 했던 중부 아프리카에 우리가 뿌리를 내렸기 때문입니다. 막대한 광물자원 매장량을 자랑하는 DR콩고에 이어서 르완다와 부룬디, 탄자니아까지 우리와 손을 잡았으니까요.”

네 나라 외에도 가봉과 콩고, 잠비아, 우간다까지 룩오일NY와 닉스홀딩스에 적극적으로 협조하고 있었다.

“회장님의 말씀처럼 중부 아프리카에 막대한 영향력을 행사했던 영국과 미국이 우리 때문에 밀려나는 형국이 되었습니다.”

서울에 함께 도착한 루슬란 비서실장의 말이었다.

"그래서 탄자니아에서 학살을 일으키고 그걸 코사크에 뒤집어씌우려고 한 것입니까?"

이야기를 듣고 있던 티토브 정이 물었다.

"지금 진행되는 정황으로 봐서는 그렇습니다. 우리의 공격 자원이자 방어의 축인 코사크를 약화시킨 후에 저를 비롯한 룩오일NY와 닉스홀딩스를 노리려는 의도였을 것입니다."

지금까지 드러난 정황상 이스트가 노린 것은 코사크였다.

"회장님의 말씀처럼 웨스트의 공격 방식과는 전혀 다른 방식으로 우리를 압박하고 있습니다. 유럽에 진출한 룩오일NY 산하 기업들에 대한 특허권 소송도 들어오고 있습니다."

루슬란 비서실장의 말이 끝나자마자 상황실에 설치된 스피커에서 무전이 들어왔다.

─닉스소빈병원의 상황이 종료되었습니다.

카로의 정보 센터를 이끄는 올렉 실장이었다.

"피해 상황은?"

─진압 과정에서 타격대 12팀과 13팀이 상당한 피해를 입었습니다. 병원을 지키던 전투대원의 피해도 큽니다.

"흠, 병원 관계자와 환자들의 피해는 없었나?"

─민간인의 피해는 없었습니다. 루룸바시의 붐바호텔도 모두 진압되었습니다.

"올리버는 어떻게 되었나?"

─올리버는 무사합니다. 그리고 병원에 침입한 놈들은 예상대로 데스엔젤이었습니다. 그중 한 명을 포로로 잡았습니다.

"정말 수고했네. 부상당한 코사크 대원들이 신속하게 치료받을 수 있도록 조치하게."

─예, 알겠습니다.

카로와 루룸바시의 테러가 진압되었다.

하지만 상당한 피해가 발생했다는 소식이 마음을 아프게 했다.

"전용기를 준비해 주십시오."

김만철 경호실장을 보며 말했다.

"지금 카로에 가려고 하시는 것입니까?"

"그래야 할 것 같습니다. 현장을 보고 필요한 대책을 서둘러 세워야 하니까요."

"알겠습니다. 바로 준비하겠습니다."

김만철 경호실장은 내 표정을 보고는 더는 토를 달지 않고 서둘러 상황실을 나갔다.

"데스엔젤에 대해 모든 수단과 방법을 동원해 조사에 들어가도록 해."

"예, 바로 진행하겠습니다."

의자에서 일어나며 쿠즈민 정보 센터장에게 지시했다.

"눈에는 눈, 이에는 이로 돌려줄 때가 되었어."

창밖 너머 먹구름에 가려 있던 달빛이 다시금 매력적인 자태를 뽐내고 있었다.

『변혁 1998』 3권에 계속…

초대형 24시 만화방

신간 100%, 샤워실, 흡연실, 수면실(침대석), 커플석, 세탁기 완비

▪ 광명 광명사거리역점 ▪

경기도 광명시 오리로 986 광명사거리역 6번 출구 앞 5층
02) 2625-9940 (솔목타워 5층)

▪ 강북 노원역점 ▪

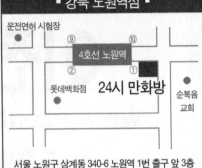

서울 노원구 상계동 340-6 노원역 1번 출구 앞 3층
02) 951-8324 (화용빌딩 3층)

▪ 일산 정발산역점 ▪

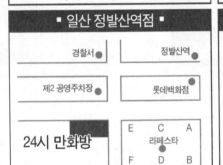

라페스타 E동 건너편 먹자골목 내 객잔건물 5층
031) 914-1957

▪ 일산 화정역점 ▪

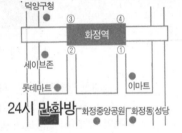

경기도 고양시 덕양구 화정동 984번지 서일빌딩 7층
031) 979-4874 (서일사우나 건물 7층)

▪ 부천 역곡역점 ▪

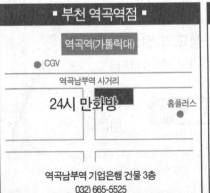

역곡남부역 기업은행 건물 3층
032) 665-5525

▪ 부평역점 ▪

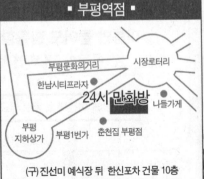

(구) 진선미 예식장 뒤 한신포차 건물 10층
032) 522-2871

너의 옷이 보여

킹묵 현대 판타지 소설
MODERN FANTASTIC STORY

보여

꿈을 안고 입학한 디자인 스쿨에서
낙제의 전설을 쓴 우진.
실망한 채 고국으로 돌아오기 직전 교통사고를 당하고,
아무것도 보이지 않던 왼쪽 눈에
무언가가 보이기 시작한다.

그것도 어딘가 이상하게.

오직 그 사람만을 위한 세상에 단 한 벌뿐인 옷.
옷이 아닌 인생을 디자인하라!

디자이너 우진, 패션계에 한 획을 긋다!

Book Publishing CHUNGEORAM

밥도둑 약선요리王

가프 현대 판타지 소설

- MODERN FANTASTIC STORY -

유치원 편식 교정 요리사로 희망이 절벽인 삶을 살던
3류 출장 요리사.
압사 직전의 일상에 일대 행운이 찾아왔다.

[인류 운명 시스템으로부터 인생 반전 특별 수혜자로 당첨되었습니다.]
[운명 수정의 기회를 드립니다.]
[현자급 세 전생이 이룬 업적에서 권능을 부여합니다.]
-요리 시조의 전생으로부터 서른세 가지 신성수와 필살기 권능을 공유합니다.
-원조 대령숙수의 전생으로부터 식재료 선별과 뼈, 씨 제거법 권능을 공유합니다.
-조선 후기 명의의 전생으로부터 식치와 체질 리딩의 권능을 공유합니다.

동의보감 서른세 가지 신성수를 앞세워
요리의 역사를 다시 쓰는 약선요리왕.
천하진미인가, 천하명약인가? 치명적 클래스의 셰프가 왔다!

Book Publishing CHUNGEORAM

유행이 아닌 자유추구 -
WWW.chungeoram.com